gnificat

ero Didio

ne di copertina | © IvanRu - Fotolia.com

8-88-66186-62-5

oni Youcanprint
oma, 73 - 73039 Tricase (LE) - Italy
'ax +39/0833.772652
.youcanprint.it
@youcanprint.it
book: facebook.com/youcanprint.it
er: twitter.com/youcanprintit

Pier

Mag

Roman

Titolo | Ma

Autore | Pi

Illustrazio

ISBN | 97

Edizi
Via R
Tel./F
www
info(
Face
Twit

Magnificat

A Nunzio e Andrea

1 - Colonizzatori e Colòni.

La brezza di maggio accarezzava le spighe acerbe e sommuoveva onde irrequiete. In quel mare verde erano riposte aspettative e preghiere di contadini e fittavoli. Giugno era ancora dannatamente lontano e con esso tutti attendevano ansiosi la mietitura. Nelle chiese si pregava, con voti e processioni a piedi scalzi, per scongiurare le innumerevoli piaghe che minacciavano il raccolto. Prima fra tutte la grandine, tragica metafora essa stessa di devastazione e miseria così come il fuoco, avido e spietato divoratore di spighe fatte e fragili speranze. "Siamo sotto il cielo" si commentava rassegnati al volere del Dio dei buoni raccolti e a quel cielo partivano strazianti suppliche e invocazioni di protezione più o meno specializzate.

Durante la processione del Corpus Domini ai balconi si appendevano le coperte e i copriletto di raso, quelli del corredo buono e ad ogni fermata presso gli altarini, sui quali sostava il "Sacramento", predisposti nei vari punti del percorso, il sacerdote benediceva le famiglie del vicinato e le messi in maturazione. Bisognava restituire il grano ai mulini in cambio della farina ricevuta a credito durante l'inverno, pagare il conto del sarto, del falegname, dei muratori e, in molti casi, anche il conto con i negozi di generi alimentari. Tutti si associavano alle preghiere dei contadini per un buon raccolto, unica frangibile garanzia per i loro crediti oltre all'onore dei debitori.

I proprietari di mietitrici e trebbiatrici, perlopiù provenienti da Altamura e Gravina o dalla provincia di Potenza, erano già in paese a stipulare contratti con piccoli e grandi proprietari terrieri, contadini e con chiunque avesse un pezzo di terra coltivato a grano. I contratti erano stipulati rigorosamente sulla parola, niente di scritto, perché la parola data, da queste parti, aveva un valore superiore a qualsiasi cambiale firmata. I proprietari delle macchine erano sempre gli stessi, ritornavano anno dopo anno dagli stessi clienti, ormai ci si conosceva così bene che ci si scambiavano i saluti per le rispettive famiglie. Eventuali nuovi operatori si adeguavano immediatamente alle consuetudini locali.

Durante la trebbiatura commercianti, più o meno onesti, giravano per le campagne a proporre i loro prezzi per l'acquisto del prezioso raccolto. Si riconoscevano in lontananza perché arrivavano con l'aria spavalda di chi nella tasca gonfia tiene il contante e nella mano un lercio fazzoletto per asciugarsi dalla fronte un sudore immeritato. Qualcuno acquistava anche la paglia per i grandi allevamenti di bestiame del nord e, quando non ci si accordava sul prezzo, spesso passava di notte a rubarla.

Dopo la trebbiatura i grandi proprietari immagazzinavano il raccolto nell'attesa che salissero i prezzi sui mercati e nella borsa merci di Bari. Piccoli proprietari, contadini e fittavoli non si ponevano il problema in quanto avevano la necessità di vendere tutto e subito per far fronte al pagamento dei debiti e alle necessità della famiglia.

II

L'antico comune lucano era uno dei maggiori centri agricoli della regione e uno dei più popolosi. Lo era sin da tempi remoti, quando colonizzatori greci ne avevano scelto la collina, verde e degradante verso il mare, per impiantarvi una delle città più importanti e floride della Magna Grecia, direttamente sotto il controllo di Metaponto. Queste premesse potrebbero far pensare ad una condizione di benessere per i suoi abitanti, in realtà la situazione era molto diversa. Piccoli proprietari terrieri, che la riforma agraria avrebbe pomposamente denominato agricoltori diretti, coltivavano con metodi arcaici e strumenti ormai obsoleti i pur ricchi terreni agricoli che si estendevano intorno al paese e fino alla piana di Metaponto. Un numero maggiore di braccianti lavorava nelle masserie dei vecchi nobili e dei nuovi proprietari in condizioni simili a quelle in cui si trovavano i loro antenati un secolo prima. Nessun significativo miglioramento nelle condizioni di vita, scarso aumento nel tasso di alfabetizzazione dei loro figli, nessun ammodernamento delle tecniche colturali o nelle condizioni di lavoro. Sembrava che gli ultimi cento anni di storia, di qui, non fossero passati. Gli unici segni della storia che comunque avanzava erano i marmi incisi con i nomi dei caduti nelle due guerre mondiali, posti alla base dei monumenti nelle principali piazze dei paesi. Lo Stato era passato ad arruolare soldati, ma poi non era più tornato. La ricostruzione di una nazione stava procedendo, ma qui arrivavano solo le notizie di quello che si stava realizzando in terre troppo lontane perché se ne potessero cogliere i benefici. Il Sud restava uno stato a parte, quasi straniero, distante dai grandi progetti di sviluppo italiani ed europei. La Lucania, in particolare, era terra dimenticata tra i dimenticati al punto che qualcuno le aveva dato un altro nome, Basilicata, dimenticando o ignorando, forse, che ne aveva già uno. Eppure questo popolo aveva mescolato il proprio sangue a quello della stirpe di Agamennone, qui approdata al ritorno dalla guerra di Troia. Aveva passeggiato insieme a Pitagora e a Orazio, si era nutrito alle loro lezioni di aritmetica e di filosofia. Si era intriso della cultura classica lasciando ovunque, distrattamente, straordinarie opere d'arte che avrebbero nobilitato innumerevoli collezioni in tutto il mondo. L'argilla lucana, plasmata dalle antiche e abili mani di Amykos di Metaponto, avrebbe adornato vetrinette private e le esposizioni dei più importanti musei italiani e stranieri suscitando l'ammirato stupore dei visitatori. Dopo il saccheggio anche l'oblio.

III

I piccoli proprietari e i braccianti riuscivano con estrema difficoltà ad assicurare alle loro famiglie un tenore di vita appena accettabile. Qui le lotte contadine per la terra avevano memoria lunga, sin dai tempi del re Borbone quando il popolo chiedeva l'assegnazione dei terreni demaniali ma né questi né il successivo governo unitario erano riusciti a rispondere adeguatamente alle loro richieste. Le due guerre mondiali avevano in qualche modo nascosto il problema, il fascismo lo aveva soffocato, ma, con il ritorno degli uomini dall'ultimo conflitto, la questione si riproponeva drammatica e dolorosa.

Il nuovo ordinamento repubblicano che l'Italia si era dato dopo il referendum popolare del giugno 1946 aveva, di fatto, delegittimato i diritti, reali o presunti, fino ad allora fatti vantare dalla nobiltà locale. Contadini e braccianti agricoli avevano così iniziato a guardare, oltre che alle terre del demanio, anche ai latifondi delle antiche famiglie nobiliari ormai decadute nei loro titoli e nei loro privilegi. In verità già dai primi anni quaranta, in pieno periodo bellico, in tutta la Basilicata si erano andati appiccando piccoli focolai di una ribellione contadina che intrecciava antifascismo e rivendicazioni sociali che negli anni successivi sarebbero sfociati in vere e proprie battaglie nelle campagne. La lotta per la terra sembrava assumere sempre più l'aspetto della rivendicazione di un diritto atavico conquistato da generazioni di contadini straccioni che avevano costruito sulla loro pelle semplicemente il prestigio dei loro padroni, sperperato nei salotti delle grandi città meridionali. Niente, se non l'effimero, era stato costruito con il loro sudore. Non il loro benessere né l'ammodernamento delle strutture produttive non in grado di reggere la concorrenza delle altre regioni d'Italia. Ora i contadini avrebbero reclamato il possesso della terra come una sorta di risarcimento non più procrastinabile, secoli di sfruttamento ora ne legittimavano la rivendicazione del possesso. Il mondo si stava ricostruendo sui ruderi lasciati dalla guerra, i tempi sembravano giusti. I colonizzatori, diventati colòni, avrebbero rivendicato il loro legittimo, antico rango.

2 - Maristella e Luigino

"Il dottor Luigino Giudice è un veterinario, mica un medico di cristiani". Così rispondeva l'ingenua Pacifica alla spia del Podestà qualche anno prima. Due volte a settimana Pacifica andava ad aiutare nelle faccende domestiche Maristella, la figlia di donna Serena Galante di Protospata, sposata a Luigino Giudice.

Maristella Ferretti, diplomata al Liceo Ginnasio, non aveva potuto iscriversi all'università, come avrebbe voluto, a causa dell'improvvisa morte del padre. Dopo la guerra, a seguito della mancanza di persone con istruzione superiore, era stata invitata a presentare domanda per un posto di maestra elementare presso la scuola del paese e l'anno successivo il posto le era stato affidato. Così la madre, per aiutarla nelle faccende di casa, le mandava la sua domestica il martedì e il venerdì.

L'intelligenza pronta, la mente aperta e una fierezza intellettuale che mettevano soggezione a chiunque Maristella Ferretti le aveva ereditate dalla madre, discendente di un'antica e nobile famiglia della Calabria che aveva rinunciato definitivamente al titolo nobiliare per sposare l'uomo che amava. Anche la sua bellezza aristocratica e il portamento elegante dovevano molto alla generosità materna. Il verde degli occhi, che ricordava i campi di grano in aprile, e i riccioli di un nero assoluto su pelle bianca come lacrime di luna piena sconvolgevano qualunque canone classico di bellezza femminile e procuravano ancora palpitazioni ingovernabili nei cuori rassegnati dei maschi del paese.

Luigino Giudice, quarant'anni e stimato medico veterinario, era stato più volte invitato dai suoi concittadini a candidarsi per la carica di Sindaco. Lui non aveva mai accettato né aveva mai manifestato la sua posizione politica. L'unica occasione in cui si era espresso apertamente su una questione politica era stata la sua presa di posizione per la Repubblica in occasione del referendum del 1946 che aveva decretato l'abolizione della monarchia sabauda, in paese era stato quasi un plebiscito. Democratici cristiani, socialisti e comunisti se ne contendevano l'appartenenza. Lui rispondeva che aveva a cuore solo il benessere dei suoi concittadini a qualunque formazione politica appartenessero. Un qualsiasi incarico politico lo avrebbe allontanato dai suoi impegni professionali e questo non lo avrebbe mai accettato. Sosteneva, spesso, di trovarsi meglio fra gli animali che fra gli uomini; la sua passione professionale era sì rivolta alle bestie, ma per il bene dei loro proprietari, spesso piccoli allevatori, pastori, povera gente.

Luigino e Maristella avevano due figli: Anna di cinque anni e Francesco di tre. Erano nati dopo l'armistizio del 43 così come avevano programmato i genitori confidando in un mondo finalmente in pace.

Nel 1949 l'Europa poteva dirsi in pace, ma la pretesa delle due potenze mondiali, che progettavano di spartirsi il vecchio continente, gettava ombre molto lunghe sulle libertà dei popoli europei. Come al solito Luigino e Maristella trovavano sempre il modo per non essere mai d'accordo sulle questioni politiche. Luigino, decisamente più realista rispetto alla moglie, accettava, anche se con molte riserve, l'ordine politico che si stava delineando in Europa. Maristella invece, molto più idealista, rifiutava completamente la spartizione in atto e teorizzava popoli liberi da condizionamenti esterni sia politici che economici e sociali, padroni del proprio destino affidato esclusivamente alle loro intelligenze. Si stava costruendo un nuovo mondo e, dal tono delle loro discussioni, sembrava che questo grave compito fosse stato affidato a loro due.

La piccola Anna sembrava una copia in miniatura della madre. Stessi occhi verdi, stessi capelli mossi e neri, caratterino deciso come indicavano le sue piccole labbra serrate. Aveva imparato a leggere e scrivere all'età di tre anni, da sola e senza l'aiuto o incoraggiamento dei genitori. Ora, che di anni ne aveva cinque, era già in prima elementare, ma il programma scolastico l'aveva completato per conto suo fin dall'anno precedente. A scuola non riusciva a nascondere completamente questa sua superiorità intellettuale e, qualche volta, le era riuscito di mettere a disagio persino la maestra, che temeva i suoi interventi come un esame di maturità. Le sue domande riguardavano sempre argomenti non inclusi nel programma scolastico che la classe stava studiando e di questo sua madre si scusava, non senza grande imbarazzo, con la collega.

Anna amava in modo appassionato la storia che conosceva ormai fino alla prima guerra mondiale, mentre i suoi compagni di classe ancora si arrabattavano tra bastoncini e cerchietti. Queste qualità, unite a una determinazione che il padre definiva da "mulo dei Pirenei", ne avrebbero fatto la prima donna lucana ad essere eletta al Parlamento nazionale oltre che professoressa universitaria e giornalista.

Anna seguiva sempre con attenzione le discussioni dei genitori come se a lei fosse demandata l'ultima parola in merito. A volte interveniva, ovviamente a difesa delle tesi della madre, e i genitori la lasciavano parlare liberamente come se avesse pieno titolo a farlo. Lei si sentiva gratificata, ringraziava i genitori per averle dato la parola e ritornava ai suoi giochi, soddisfatta di avere dato il suo contributo determinante alla discussione.

Francesco, invece, somigliava fisicamente al nonno paterno di cui portava il nome. Non era quasi mai in casa, sempre fuori a giocare in cortile con i suoi amichetti. Da quando aveva imparato a camminare aveva subito trovato la porta per uscire di casa. In questo sembrava somigliare in modo preoccupante, secondo il padre, allo zio Rocco, fratello di Luigino che viveva in provincia di Bergamo. Della combriccola di monelli suoi amici lui era il capo, non fosse che per il fatto di essere il proprietario degli unici giocattoli del quartiere. Era sufficiente che minacciasse di andare via portandosi dietro le sue colt da cow boy che tutti gli dessero ragione e si poteva riprendere a giocare. Questo potere sembrava lo soddisfacesse particolarmente e lo esercitava con frequenza anche se, ultimamente, era stato severamente rimproverato dalla madre che lo aveva scoperto minacciare i suoi amici di lasciarli senza giocattoli se non lo avessero seguito in un gioco. Ma la nota generosità dei Giudice scorreva anche nelle sue piccole vene. Un giorno aveva scoperto il fratello più piccolo di un suo compagno di giochi mentre, non visto, gli stava rubando un piccolo trattore di latta. Alla richiesta di restituzione il piccolo aveva preso a piangere. Per il bambino era stato il primo e unico giocattolo che aveva mai visto e riperderlo subito lo aveva amareggiato particolarmente. A Francesco dispiacque al punto tale che glielo regalò. Raccontò il fatto alla madre che, come premio per il generoso gesto, gli promise che gliene avrebbe comprato un altro più grande.

Francesco aveva ereditato dal bisnonno paterno la passione per l'economia e la finanza. La banca popolare, che il nonno di suo padre aveva fondato circa ottant'anni prima, era sopravvissuta a crisi, recessioni e a due guerre mondiali. Quando Francesco sarebbe cresciuto ne avrebbe assunto la direzione per poi lasciarla, dopo qualche anno, ed entrare definitivamente nel mondo della grande finanza alla guida di gruppi bancari multinazionali.

II

La famiglia Giudice si poteva considerare benestante. La professione di Luigino e l'impiego della moglie garantivano delle entrate più che sufficienti ai bisogni della famiglia. Maristella aveva in parte ereditato l'ingente proprietà terriera del padre ma, essendo figlia unica, era come se ne detenesse per intero. A gestire la proprietà provvedeva il fratello di suo padre, lo zio Fernando, e in parte Luigino che però demandava più che volentieri il gravoso compito. L'azienda agricola, che comprendeva la Masseria Torrepietra, occupava stabilmente dodici salariati e, nei periodi di raccolto, il numero dei braccianti poteva arrivare anche a venti unità. Nella provincia si poteva dire che fosse una delle pochissime proprietà di dimensioni importanti gestita con criteri imprenditoriali e, di fatto, nei periodi di buoni raccolti si investiva in nuovi macchinari e si ampliavano i vecchi locali della masseria con magazzini e ambienti per le famiglie dei contadini stabili.

D'estate Maristella si recava spesso in masseria per insegnare a leggere e a scrivere a bambini e adulti che ne avevano voglia e sembrava che, nonostante le sue pessimistiche previsioni, il suo impegno fosse molto apprezzato e la classe si riempiva anche di scolari provenienti da qualche masseria vicina.

L'azienda comprendeva anche un discreto allevamento di bovini e questo era il ramo che Luigino seguiva più volentieri e sul quale faceva progetti ambiziosi. Quello che lo affascinava particolarmente era rivolto alla costruzione di un laboratorio per le produzioni casearie direttamente in azienda. Era un progetto nel quale voleva coinvolgere il fratello Rocco. I tempi non erano ancora maturi ma lui ci stava pensando e di tanto in tanto aggiungeva un tassello al suo progetto. Per il momento non sentiva sua l'azienda e non voleva forzare la mano allo zio Fernando che vedeva già oltremodo impegnato nella conduzione della proprietà così com'era.

Luigino Giudice amava profondamente la sua professione. A volte si meravigliava di essere pagato per fare un lavoro che avrebbe fatto anche gratis come gli capitava il più delle volte. Questa sua passione lo aveva reso noto in tutta la provincia e in quelle pugliesi limitrofe. Periodicamente si recava presso la sua vecchia università, dove aveva mantenuto ottimi rapporti con i suoi professori, per seguire lezioni e corsi di aggiornamento. Avrebbe potuto facilmente ottenere una cattedra in università ma lui preferiva il lavoro sul campo piuttosto che la ricerca pura o l'insegnamento. Non erano dello stesso parere sua moglie e i figli, soprattutto a causa del tanfo di cui era impregnato dopo essere stato in qualche masseria a far nascere un puledro o un vitello. Lui ormai ci era abituato e si divertiva ogni qual volta rientrando a casa i figli, anziché corrergli incontro per salutarlo, scappavano disgustati turandosi il naso con le loro piccole manine. Per la moglie, che proprio non riusciva ad abituarsi all'odore di stalla e letame fresco che lui si portava appiccicato addosso come una divisa, la situazione assumeva aspetti anche più seri. Dopo ogni visita in masseria che comportava un suo intervento, a casa era tenuto a fare un bagno profumato prima di mettersi a letto. A volte, dopo il bagno obbligatorio, gli capitava di essere chiamato di notte e, al ritorno, per tornare a letto gli toccava un ulteriore lavacro. Lui si definiva scherzosamente l'uomo più pulito del paese, per la moglie e i figli semplicemente il più puzzolente. Neanche Pacifica si azzardava a lavare i suoi guanti da lavoro e i suoi stivali, era un'operazione che doveva fare da solo. Ma tutti questi inconvenienti erano dettagli che non riuscivano a fargli cambiare idea sul suo lavoro.

Luigino Giudice proveniva da una famiglia che aveva segnato la storia sociale ed economica del paese da almeno tre generazioni e costituiva, in paese, il primo esempio della classe contadina a raggiungere il prestigio di una laurea; rappresentava la prima e pericolosa vittoria su un sistema feudale duro a scomparire che fagocitava rabbiosamente qualsiasi tentativo di sconfinamento in una classe sociale diversa, dove ognuno restava imprigionato a vita nel proprio ceto di "intoccabile" senza alcuna possibilità di riscatto. Ma il vecchio sistema feudale fiutava la fine del proprio tempo e aveva scatenato un piccolo esercito di fattori, amministratori, burocrati e funzionari nel disperato tentativo di sopravvivere a se stesso, pur nella mutevolezza dei tempi. Sembrava che per Luigino e Maristella le cose stessero finalmente andando per il verso giusto, ma qualcuno ricordava che la felicità non è di questo mondo.

3 - Lupo sordo

Nella locale camera del lavoro avevano organizzato le cose proprio per bene. Il segretario aveva nominato i responsabili dei vari settori: c'era chi si occupava di braccianti e contadini, chi dei muratori e un terzo che organizzava i pochi operai di quella che veniva definita con eccessiva enfasi "industria"; si trattava perlopiù di qualche falegnameria o fabbrica di mattoni di Matera. Ovviamente il settore più importante e con più i-scritti era quello dei braccianti agricoli e dei contadini, minuscoli proprietari che per gran parte dell'anno lavoravano "a terzi" cioè presso grandi aziende, qualcuna ancora in mano a un paio di famiglie nobili, le più importanti erano i Galasso e i Lasala.

Il grande striscione rosso con la falce e il martello campeggiava sul muro opposto alla porta d'ingresso così che d'estate, mentre la porta era aperta, se ci passava davanti una "santocchia" questa si segnava con il segno della croce, quasi a esorcizzare le malefiche influenze che potessero fuoriuscirne, e accelerava il passo volgendo lo sguardo al lato opposto della strada. Perfino don Liborio, l'arciprete, durante le processioni religiose poneva una cura particolare nell'aspergere l'acqua santa, passando davanti alla camera del lavoro, per il timore che la porta potesse prendere fuoco a contatto con il liquido benedetto benché, se ne fosse stato sicuro, vi avrebbe volentieri svuotato l'intero secchiello.

<Sono passati appena cinque anni da quando occupammo la masseria dei Lasala e nessuno già se ne ricorda, come se non fosse successo niente. Qualcuno di voi c'era oppure l'ho fatta da solo quell'occupazione?>. Saverio Grassi, responsabile del settore braccianti e contadini, era nel bel mezzo di una delle sue proverbiali incazzature.

Saverio Grassi il grado se l'era meritato nel 45, quando dalla Calabria erano giunte voci di un'insurrezione in un paese della provincia di Reggio Calabria. Pasquale Cavallaro, Sindaco comunista di quel paese, forte di un seguito come non si vedeva dai tempi di Garibaldi, aveva autonomamente proclamato la "Repubblica di Caulonia". Nel marzo di quell'anno circa diecimila insorti avevano occupato il paese e processato i proprietari terrieri, in gran parte ex-fascisti, colpevoli di essersi appropriati indebitamente di quasi tutte le terre del demanio comunale. Le pene inflitte ai condannati furono comminate più che altro sotto forma di burla. A Saverio Grassi, comunque, non parve vero di poter partecipare attivamente alla rivoluzione comunista che stava partendo dalla provincia reggina e corse ad arruolarsi tra i rivoluzionari. Già si sognava di risalire per lo stivale al seguito di un novello Garibaldi con in alto la bandiera della rivoluzione proletaria. Tutto era pronto, ormai, quando a Pasquale Cavallaro giunse inaspettato lo stop direttamente da Palmiro Togliatti che non vedeva la via italiana al socialismo passare attraverso la lotta armata. Pasquale Cavallaro decise di attendere ma l'arresto del figlio, da parte dei carabinieri, fu l'episodio che accese la miccia della rivolta. Il giorno successivo, durante alcune perquisizioni ad opera degli uomini di Cavallaro, uno di questi uccise con una fucilata, pare per motivi personali, un prete. L'episodio suscitò tanto scalpore in Italia e in Europa da indurre lo stesso Togliatti, e la Direzione Nazionale del Partito Comunista, a chiedere a Cavallaro la resa e la consegna delle armi. Saverio Grassi se ne ritornò in paese felice di aver partecipato a una delle più imponenti mobilitazioni contadine di tutta l'Italia meridionale ma, allo stesso tempo, deluso per l'esito di quella rivoluzione abortita anzitempo.

Tornato in paese, qualche mese dopo, aveva organizzato e condotto in porto la drammatica occupazione della masseria Lasala. Allo scopo di allontanare i carabinieri che erano intervenuti in forze per sgomberare la masseria Saverio Grassi aveva, di fatto, sequestrato il Commissario al Comune. L'episodio gli era costato diciotto mesi di carcere che non lo avevano per niente ammorbidito, infatti, appena uscito aveva organizzato la prima occupazione della masseria Galasso. Questa volta però, Saverio Grassi, una mezza vittoria l'aveva ottenuta. A seguito di quell'evento e di altri simili che si verificarono contemporaneamente nella provincia, il Prefetto di Matera aveva emanato un decreto che obbligava le aziende con estensione superiore ai centocinquanta ettari a cedere in fitto, a cooperative di contadini, il venti percento dell'azienda stessa. Ben poca cosa, ma rappresentava il primo passo ufficiale delle istituzioni nel senso di riconoscere le rivendicazioni contadine.

II

Saverio Grassi era quello che si poteva definire un "mangiapreti". Qualcuno ricordava che addirittura non fosse battezzato. Si raccontava, infatti, che durante la funzione religiosa che doveva segnarne l'ingresso nella comunità cristiana il bambino, di qualche mese, iniziò a piangere e urlare con una tale forza e insistenza che i genitori dovettero portarlo fuori dalla chiesa perché la messa potesse proseguire. Furono fatti successivi e inutili tentativi, ma il bambino sembrava fermamente deciso a non prendere il sacramento. Intorno a questo fatto si sprecarono innumerevoli e ovvie leggende, come quella che raccontava della madre che, durante una giornata di lavoro in campagna, fosse stata ingravidata dal demonio stesso sotto le spoglie di un giovane soldato al rientro dalla grande guerra. A seguito di questa e altre maldicenze, il padre di Saverio abbandonò moglie e figlio e scappò in America. Il ragazzo crebbe con la sola madre in miserabili condizioni e giurò che l'avrebbe fatta pagare a tutti coloro che avevano inventato e messo in giro quelle terribili storie principalmente, pensava lui, alle cornacchie nere o "bizzoche" che frequentavano le chiese del paese.

Con gli anni, il risentimento nei confronti di quelle che potevano essere poche malelingue, si spostò e si riversò a macchia d'olio verso tutti gli ambienti in qualche modo vicini alla Chiesa: dai semplici fedeli, ai preti, fino allo stesso Papa. Quando, poco più che quindicenne, Saverio perse la madre non partecipò alla messa funebre e attese che il feretro raggiungesse il corso del paese. Si batté duramente affinché il funerale della madre non fosse celebrato in chiesa ma, per la sua giovane età, non fu accontentato. Nell'occasione, però, si rese protagonista di un fatto che sconvolse gli animi delle poche persone, compreso don Liborio, che erano in chiesa durante la messa funebre per la madre. Nel bel mezzo dell'omelia entrò improvvisamente in chiesa e gridò: "Maledetti tutti voi che mi avete fatto orfano". Il ragazzo uscì immediatamente ma la sua imprecazione echeggiò a lungo tra le ariose navate della chiesa e cadde pesantemente sulle coscienze dei presenti. Molti di loro conoscevano i fatti all'origine del risentimento del ragazzo e don Liborio, senza alcun commento, pregò in silenzio per il giovane Saverio affinché Dio gli inviasse un Angelo consolatore a proteggerlo e ad accompagnarlo nel suo cammino. Quella fu l'ultima volta, e anche la prima da che il ragazzo aveva coscienza, che Saverio entrò in una chiesa.

Il primo luglio del 1949, durante il pontificato di Pio XII, il Sant'Uffizio promulgava il "*Decretum*", un'ordinanza ecclesiastica che vietava ai Cristiani l'iscrizione al partito comunista e qualsiasi attività di propaganda o diffusione di idee socialiste e, ovviamente, l' espressione di voto verso tutti quei partiti che si ispiravano al comunismo, pena la scomunica. Il provvedimento provocò sconcerto e disorientamento tra i fedeli che fino a quel momento avevano votato per i partiti di sinistra, soprattutto tra le donne. Nelle famiglie si verificarono contrasti e malumori che portarono, inevitabilmente, a confermare le tesi laiciste di Saverio Grassi che, in tal modo, si vedeva fornire proprio dalla Chiesa un insperato soccorso alle sue battaglie anticlericali.

Il suo essere visceralmente ateo non si limitava all'indifferenza nei confronti della religione e verso tutti coloro che frequentavano la Chiesa, ma diventava avversione, repulsione, perfino conflitto. Nessuno dei suoi amici poteva rivelare di essere credente per timore di suscitare la sua collera. Non che ne avesse tanti di amici anzi, a ben guardare, di veri amici non ne aveva per niente. Si trattava più che altro di compagni di partito e frequentatori della camera del lavoro.

Saverio Grassi aveva un carattere piuttosto chiuso e non permetteva a nessuno di entrare in confidenza, era quello che in paese definivano un "lupo sordo", una definizione usata in senso generale per indicare un tipo non molto socievole ma che, nel suo caso, era diventato un segno identificativo. Mai nessuno lo aveva visto in un bar o in un caffè, mai passeggiate o divertimenti, solo il partito e le battaglie politiche. Aveva imparato a leggere e scrivere da solo senza aver mai frequentato una scuola ma era uno dei pochi, in paese, che i libri li leggeva. Però sapeva parlare alla gente, riusciva a coinvolgere nelle sue battaglie anche i più prudenti e timorosi.

Nella sezione locale era molto considerato per il suo indubbio carisma, la sua intelligenza e per come parlava alla gente. Lo conoscevano anche nella segreteria nazionale del partito e dal partito riceveva un compenso che gli permetteva di dedicarsi anima e corpo al suo impegno nella locale camera del lavoro.

Politicamente si era posto un solo ed unico obiettivo, fisso come un chiodo conficcato con forza nella sua mente: l'abbattimento di tutte quelle posizioni sociali ed economiche superiori alla sua. Lui poneva se stesso come termine di paragone per tutto quanto doveva essere combattuto e abbattuto. Il miglioramento delle condizioni sociali ed economiche dei suoi concittadini poteva essere una conseguenza del primo ed unico fine, non il fine stesso. A causa di queste sue posizioni integraliste nel partito non gli assegnavano incarichi più importanti e di responsabilità come la sua abilità e la sua intelligenza avrebbero potuto suggerire. Sarebbe rimasto sempre il responsabile dei braccianti e dei contadini in una, pur importante, sezione locale del partito.

III

<È necessario, anzi indispensabile, riprendere la lotta contro i latifondisti e gli sfruttatori dei compagni e delle compagne dell'Italia comunista e proletaria e noi inizieremo da qui, anzi riprenderemo da dove avevamo interrotto, dalla masseria Galasso, dopo passeremo alle tenute dei Lasala, alla masseria Torrepietra dei Ferretti, e così fino a quando non ci saranno più padroni e sfruttatori nel nostro paese>. Saverio Grassi aveva così lanciato il suo proclama alla piccola folla di braccianti che lo ascoltava in silenzio nella camera del lavoro.

La piccola sala accoglieva non più di una cinquantina di uomini accomodati su alcune assi in legno di pino, appoggiate su due sedie per fila. Le assi di legno che venivano utilizzate per sopperire all'insufficienza di sedie, lungi dall'essere adeguatamente levigate, non rappresentavano il massimo della comodità per chi ci sedeva sopra, non fosse che per le schegge acuminate del legno che, non di rado, si facevano strada attraverso la pur resistente tela dei pantaloni e infilzavano dolorosamente le natiche dei contadini. Quella sera il programma di Saverio Grassi aveva colpito le menti dei contadini più di quanto le schegge delle assi avessero colpito i loro fondoschiena. Il programma aveva l'aspetto di una dichiarazione di guerra che non tutti si sentivano di sottoscrivere. Nella piccola sala si udì un brusìo che non sfuggì alle orecchie tese di Saverio Grassi pronte a percepire anche la più piccola vibrazione d'aria provocata da una testa che scuoteva. L'occhio si fece acuto e notò che le teste che scuotevano erano troppe. Saverio Grassi sentì l'ira che montava nel suo torace, il respiro si fece più accelerato e tutto faceva presagire la consueta, irruenta incazzatura. Il leader non tollerava il dissenso, sia pure sommesso o sussurrato. Odiava tornare sulle questioni contestate perché ogni volta che lo faceva scopriva delle piccole imperfezioni alle sue teorie e più ci tornava e più ne scopriva. Questa volta aveva lanciato una bomba il cui effetto deflagrante era andato ben oltre le sue previsioni. Quella sera quasi tutti i compagni riuniti avevano mostrato scetticismo per il suo proclama. Tutti iniziarono a parlare tra di loro e il brusìo si trasformò in chiasso come in quelle classi scolastiche dove tutti gli scolari parlano tra di loro incuranti del maestro. Saverio Grassi si voltò con calma verso il muro alle sue spalle, afferrò una bandiera con falce e martello, ne sfilò la robusta asta di legno e la batté, neanche troppo violentemente, sul piccolo tavolo che aveva davanti. Il richiamo all'ordine arrivò a tutti e tutti si aspettavano in quel momento lo sbotto del capo. Invece il tono della voce di Saverio Grassi fu stranamente calmo, tollerante, quasi sussurrato: <Ho notato un impercettibile segno di dissenso alle mie parole> il tono della voce si fece leggermente più alto ma non violento <cosa c'è che non va? Siete stanchi di lottare? Vi siete arresi al padrone? Vi siete imborghesiti come un branco di impiegatucci con le mezze maniche o i preti vi hanno castrato? E' da una vita che vi dico di non permettere alle vostre mogli e ai vostri figli di andare in chiesa; ecco il risultato, vi siete rammolliti tutti. Avanti parlate, sentiamo cosa avete da dire>. Saverio Grassi sapeva che nessuno avrebbe parlato. Aveva lanciato l'invito solo per pura formalità, era già pronto per riprendere il suo discorso quando, inaspettato, uno del pubblico si alzò in piedi e prese a parlare.

<Non ci siamo rammolliti e le nostre mogli e i preti non c'entrano niente. Siamo pronti a riprendere le lotte anche domani stesso ma non vogliamo fare di tutt'erba un fascio. Una cosa è occupare le terre dei latifondisti che se ne fregano di noi e delle nostre famiglie e persino delle loro stesse terre e una cosa è prendercela con chi non c'entra niente>.

<E chi sarebbero quelli che non c'entrano niente?> chiese, ancora con inconsueta calma, Saverio Grassi.

<I Lasala quasi non li conosciamo neanche e sappiamo come don Riccardo Galasso tratta i suoi braccianti> proseguì l'ardito interlocutore <spesso fanno condurre le loro masserie dai fattori che fanno il bello e il cattivo tempo a scapito dei lavoratori e li sfruttano per il loro tornaconto. Ma tutti conosciamo donna Serena Ferretti e, soprattutto, il genero Luigino Giudice e nessuno si è mai lamentato della paga e degli orari di lavoro alla masseria Torrepietra. Tutti noi sappiamo quello che ha fatto e sta facendo il dottor Giudice e quello che ha fatto suo padre e suo nonno e i suoi fratelli. Credo che nessuno di noi abbia qualcosa di cui lamentarsi verso quelle famiglie>.

La coscienza popolare stava emergendo attraverso e al di sopra delle passioni politiche. La riconoscenza incondizionata dei contadini del paese verso la famiglia Giudice era antica come gli stessi muri delle loro case. Le battaglie di Rocco Giudice, nonno di Luigino, contro i signorotti del paese e i loro fattori si raccontavano di padre in figlio come quei ricordi non scritti che impregnano la memoria popolare conferendole dignità di coscienza storica. Tra gli uomini in sala erano molti quelli che in passato avevano chiesto un qualche aiuto al padre di Luigino, Ngesco Giudice, qualcuno sementi in prestito, chi piccole somme di denaro, altri giornate di lavoro. In molti avevano restituito il ricevuto ma tanti non c'erano riusciti. Nessuno dei Giudice ne aveva mai chiesto conto e ora, a distanza di anni dalla morte di Ngesco, qualcuno si sentiva ancora debitore verso Luigino. Includere la masseria Torrepietra tra le tenute da occupare sembrava una bestemmia per la dignità di quel popolo riconoscente. Ma Saverio Grassi non serbava memoria storica e, soprattutto, non riconosceva meriti oltre a quelli che potessero essere archiviati con un timbro di partito. Nulla poteva assurgere a dignità di conquista sociale, ai suoi occhi, senza la partecipazione organizzata delle masse proletarie.

<Allora, secondo te, ci sono padroni buoni e padroni cattivi?> replicò Saverio Grassi sempre con insolita calma ma si notava dal suo respiro, sempre più affannoso, che i suoi buoni propositi stavano per essere sopraffatti dal suo temperamento.

<O si fa l'Italia proletaria senza padroni e servi o continuiamo a comportarci come pecoroni e la diamo vinta agli sfruttatori. Lo volete capire o no che non esistono padroni buoni> e qui la voce raggiunse un tono più consono al suo carattere <ci sono solo padroni e servi e voi sarete sempre i servi e i vostri figli saranno figli di servi e servi a loro volta. Se a voi questo sta bene a me no!>.

<Noi saremo sempre servi con o senza le occupazioni> ribatté l'uomo alzando anch'egli il tono della voce <e forse anche i nostri figli. Avremo sempre dei padroni. Ora si chiamano don Riccardo o don cazzo, domani potrà essere il compagno segretario o chissà chi. Certe cose non cambiano da un momento all'altro e forse non cambieranno mai, occupazioni o non occupazioni. Comunque sia le terre dei Ferretti e di Luigino Giudice non si toccano o, almeno, non contate su di me>. Il tono secco di risposta dell'uomo non lasciava molti margini alla discussione e sembrava che la sua posizione avesse molti sostenitori tra gli uomini nella piccola sala.

<Va bene, va bene. Le cose stanno così allora, faremo una cosa per volta. Rimandiamo la discussione e ne riparleremo la settimana prossima>.

Saverio Grassi ritenne di non insistere sul punto, un capo sa riconoscere il momento in cui fare delle concessioni al suo popolo e quello sembrava proprio fosse il caso.

4 – “Magnificat anima mea Dominum”

La luna, quasi piena, era ancora alta in cielo e splendeva di luce bianca in un’inconsueta, per novembre, aria tersa e particolarmente fresca. Aspettava il primo chiarore dell’alba, ancora lontano, per affondare con bagliore nel mare all’orizzonte. Nella piazza del paese, illuminata da quattro lampioni appesi a fili elettrici precariamente agganciati tra i muri dell’antico castello baronale e una vecchia chiesa ormai sconsacrata, erano radunate circa un centinaio di persone, tra uomini e donne, pronti a muovere verso la masseria Galasso nella contrada Tre Confini. Tutti aspettavano Saverio Grassi che stava arrivando con un fascio di bandiere rosse insieme ad altri due suoi collaboratori, anch’essi carichi di bandiere. Gli uomini si divisero le bandiere e formarono un corteo che iniziò a marciare silenziosamente per Via Garibaldi. Appena il corteo ebbe superato le ultime case del paese gli uomini iniziarono a cantare “bandiera rossa”.

Filomena Susca procedeva con passo spedito accanto al marito Stefano e, ogni qualvolta il marito intonava l’inno, si segnava con il segno della croce cercando di nascondere lo sconveniente gesto agli occhi degli altri manifestanti. Nascosta nelle tasche del pesante vestito di lana nera, la donna portava una coroncina del Rosario che recitava in silenzio cercando di confondere la sacra recita tra le strofe dei canti proletari dei suoi compagni di marcia. La donna avvertiva un pesante imbarazzo per quella sua inconsueta partecipazione all’occupazione della masseria Galasso, ma aveva voluto comunque essere accanto al marito, probabilmente per impedirgli di ficcarsi in qualche guaio. Saverio Grassi guidava il corteo in silenzio, ma si compiaceva con se stesso per essere riuscito ad organizzare ancora una volta i suoi uomini a muovere contro il nemico. I diecimila di Caulonia erano ben lontani dai suoi cento ma da qualcosa bisognava pur iniziare per fare la rivoluzione.

Bandiera appoggiata sulla spalla destra e passo marziale come un comandante alla testa dei suoi soldati. Era così che si immaginava di salire per la penisola a capo dei suoi mille, diecimila o centomila contadini alla conquista del potere proletario. In principio le donne facevano fatica a tenere il passo degli uomini ma, dopo qualche centinaio di metri, anche questi rallentarono la cadenza della loro marcia che divenne presto una ben meno fiera camminata. I circa dieci chilometri che separavano il paese dalla masseria consigliavano di dosare bene le forze se non volevano correre il rischio di lasciare indietro pezzi importanti del corteo. Sarebbero arrivati con il sole appena sopra l'orizzonte, qualche minuto dopo l'uscita delle greggi dalla masseria per il pascolo.

II

La masseria Galasso era adagiata sulla sommità di un piccolo dislivello che le consentiva di dominare i terreni di pertinenza. Dal balcone degli ambienti situati al primo piano dell'antica costruzione don Riccardo Galasso, quando era in masseria, seguiva con lo sguardo i pastori con le greggi anche quando questi erano distanti chilometri. Ne perdeva la vista solo quando gli animali scendevano nelle ripide sponde del Bradano ad abbeverarsi o a cercare frescura, nelle torride giornate estive, all'ombra dei pioppi che seguivano il corso del fiume. I pastori di rado seguivano gli animali fino al letto del fiume, si limitavano a sorvegliarli dall'alto delle sponde facendo attenzione che qualcuna non vi finisse nelle acque melmose. Il Bradano segnava il confine dei possedimenti della masseria Galasso. Dall'altro lato del fiume iniziavano le terre della masseria dei Lasala. Questo faceva presupporre che in passato i due possedimenti fossero appartenuti allo stesso proprietario ma, da almeno un secolo, le due proprietà appartenevano alle due nobili famiglie. I terreni al di qua del fiume, fino alla masseria, erano coltivati principalmente a grano. I contadini che vi lavoravano, di tanto in tanto e restando chini, giravano lo sguardo verso la masseria a cercare la nobile presenza sul balcone. Se questo era vuoto provavano a raddrizzare la schiena nel tentativo di trovare sollievo alla dolorosa posizione fino a quando non sentivano la voce del sorvegliante che li richiamava al lavoro. A volte raddrizzare la schiena provocava un dolore maggiore che lasciarla piegata. Gli anziani si vantavano di non soffrire più, ormai, del "mal di reni" di cui si lamentavano in continuazione i più giovani e spesso li prendevano in giro quando questi, a fine giornata, si contorcevano in smorfie di dolore quando provavano a rialzarsi.

III

Don Riccardo, dal suo balcone, ammirava compiaciuto e soddisfatto le sue proprietà tra le quali includeva anche contadini e pastori come fossero un tutt'uno con la terra e le greggi.

Quella mattina don Riccardo non era in masseria, era a Bari da qualche giorno per affari. Prima di mezzogiorno Seppino Martocci, suo collaboratore, lo raggiunse negli uffici di una ditta che mediava nella compravendita di cereali. Seppino aveva gli occhi che stavano per schizzare fuori dalle orbite, don Riccardo capì immediatamente che c'era un problema, ma era un uomo abituato a risolverli i problemi o a demandarne la soluzione. In ogni caso fino ad allora ne era sempre uscito. Questa consapevolezza lo rendeva un uomo estremamente sicuro di sé e provava compassione, ma anche tenerezza, per Seppino che invece di fronte agli imprevisti perdeva quasi il respiro, diventava paonazzo e cominciava a balbettare. La sua alta statura, che raggiungeva il metro e novanta, gli consentiva quasi una capacità fisica di dominare gli eventi così, don Riccardo, accoglieva sempre con un sorriso benevolo lo stravolto segretario che gli portava di volta in volta notizie sulle grandinate che avevano devastato i suoi campi di frumento oppure di malattie al bestiame o altre notizie catastrofiche.

Era quasi mezzogiorno e don Riccardo aveva proposto ai suoi ospiti un invito a pranzo. Stava già pregustando i suoi piatti a base di pesce che gli avrebbero servito in una trattoria in Piazza Mercantile e ormai difficilmente ci avrebbe rinunciato. Con l'intenzione di ritornare dopo qualche minuto chiese, con molta cortesia, ai presenti di potersi allontanare. Aprì la porta con molta calma e, messo un braccio sulla spalla di Seppino lo invitò a tranquillizzarsi e a raccontare con calma cosa stesse accadendo. L'uomo ci mise un po' prima di riuscire ad articolare compiutamente il suo pensiero:

<Alla ma … ma… masseria ci sono i co … co … co … contadini>.

<E allora? Qual è la novità> gli chiese don Riccardo, questa volta con un senso di fastidio. Quell'uomo gli stava rovinando un incontro di lavoro per riferirgli un fatto di nessuna importanza. Era assolutamente normale che in masseria ci fossero i contadini.

<No, no! Ci sono mo… mo… molti co… contadini> gli rispose Seppino con sempre più difficoltà. Il tono seccato del suo padrone lo aveva intimorito ulteriormente aggravando non poco il suo problema.

<Calmati e spiegati meglio> gli fece don Riccardo moderando il tono della voce, intuendo che Seppino stava per esplodere in una delle sue più acute crisi di tartagliamènto.

<Hanno occu… occu… pa… pato la ma… ma… ma…> prima che Seppino arrivasse in fondo alla frase don Riccardo era già nell'ufficio, dove era poco prima, per salutare velocemente

gli uomini d'affari che lo aspettavano e, con grande rammarico, l'aspettativa dei suoi piatti di pesce.

IV

Saverio Grassi aveva piazzato il grosso dei suoi uomini davanti all'entrata della masseria e impediva a chiunque di entrare o di uscirne e ne aveva inviati altri ad informare i contadini usciti nei campi, prima che arrivassero loro, che dovevano interrompere il lavoro e seguirli alla masseria. Dovevano partecipare obbligatoriamente anche loro all'occupazione.

<Lo facciamo soprattutto per voi> disse Saverio Grassi agli spaventati contadini rastrellati nei campi <non dovete avere più paura del vostro padrone, da oggi qui cambia tutto. Sarete voi i padroni del vostro lavoro. Ognuno con il suo pezzo di terra senza dover mai più dire signorsì>.

Le donne restavano accanto ai propri uomini come fedeli guardie del corpo, convinte che nessuno avrebbe osato toccarle per arrivare ai loro uomini o, almeno, questo era quello che speravano. Durante la giornata, con grande sorpresa di tutti, non arrivarono né la polizia né i carabinieri. Nessuno si era fatto vedere. All'imbrunire arrivarono i pastori con le greggi al rientro dopo la giornata di pascolo. Grossi cani pastore dal pelo lungo e chiaro scortavano gli animali e li dirigevano, come tutte le sere, verso il cancello; da quel punto in poi loro si sarebbero diretti ai loro posti dove avrebbero trovato le ciotole con pastoni e siero di latte mentre pecore e capre avrebbero trovato da sole il "*Jazzo*", il recinto in pietra rifugio per la notte.

Animali e uomini trovarono l'ingresso della masseria bloccato da un centinaio di persone. Il fatto provocò grande disorientamento sia negli uni che negli altri. Antonio Laforgia, il capo massaro, avvolto nel nero mantello di lana grezza e con il suo cappellaccio anch'esso nero che gli copriva il capo fino a nascondergli gli occhi con le sue larghe falde, si avvicinò a Saverio Grassi. L'uomo era di statura quasi gigantesca e, per quanto Saverio Grassi fosse di statura alta, questi lo sopravanzava di quasi due spanne. In pochi conoscevano la sua voce. Abituato a vivere tra gli animali parlava pochissimo. Il capo sempre leggermente chino in avanti cosicché, dalle falde dell'enorme cappello, si intravedessero solo le labbra sormontate da due folti baffi neri e la punta del naso. I pastori suoi sottoposti capivano al volo le sue istruzioni. Bastava che alzasse leggermente la testa per guardare i suoi uomini che questi scattavano come molle. I nuovi arrivati non capivano come facesse a comunicare con i pastori né come questi potessero interpretare correttamente le sue intenzioni ma, per un mistero irrisolvibile, ciò avveniva e i nuovi imparavano immediatamente. Quell'uomo incuteva terrore solo a guardarlo. In paese lo avevano visto un paio di volte al massimo da quando era alla masseria Galasso e, quando era successo, chi c'era giurava di aver udito i suoi passi lenti e cadenzati provocare lo stesso rumore degli zoccoli di un cavallo sul selciato. Di lui si sapeva quasi niente e quello che non si sapeva si immaginava. Fiorirono innumerevoli leggende sul suo conto. Dicevano che da dove veniva aveva ucciso diversi lupi con le sole mani o che staccava la testa dei capretti a mani nude, senza coltello. L'unica cosa certa era che don Riccardo se l'era portato con sé al rientro da un viaggio nelle montagne di Rotonda, tra la Lucania e la Calabria, dove si era recato per acquistare bestiame.

<Dobbiamo entrare>. Sussurrò solo queste due parole all'orecchio di Saverio Grassi. La voce cupa e incredibilmente bassa di tono sembrò correre dalle orecchie di Saverio Grassi direttamente alla sua schiena provocandogli un brivido che, come una scossa elettrica, gli fece rizzare i peli del corpo. Saverio Grassi non fece in tempo a formulare un pensiero che le

sue gambe si spostarono senza che dal cervello fosse arrivato loro nessun segnale. Gli altri fecero lo stesso, anche più velocemente, e l'uomo passò con gli animali e i pastori tra i due pilastri in tufo decorati che sorreggevano il cancello. Con grande sbigottimento e ancora increduli gli uomini davanti l'ingresso si ricompattarono e l'occupazione della masseria riprese come se nel frattempo non fosse successo niente, come se nessun gigante avesse attraversato il folto gruppo di uomini e donne insieme alle sue greggi e ai suoi pastori.

Con il buio gli uomini accesero i fuochi per riscaldarsi e per fare luce intorno alla masseria. Mangiarono il pane e il formaggio portato dal paese preparandosi a trascorrere la prima notte di occupazione. La luna piena, enorme da sembrare sospesa appena dietro l'altipiano di Campagnolo, mostrava la sua faccia sorridente. Qualcuno ci vedeva dentro una dama con un lungo velo che le cadeva dalle spalle, altri ne interpretavano la posizione e il bagliore per formulare le previsioni del tempo. Tutti, però, erano concordi nel giudicare sorprendente, benché il fenomeno non fosse nuovo, l'impressione di vicinanza che se ne ricavava. L'estate di San Martino stava regalando una delle sue esibizioni più spettacolari.

Intorno ai fuochi qualcuno cominciò ad intonare dei canti. Le fiamme scoppiettanti dei falò e la grande luna fecero dimenticare le passioni politiche. Gli inni di partito sembravano fuori posto. Si preferì cantare storie di amori ricambiati e non, osteggiati e traditi. Di notte contadini, braccianti e capipopolo ritornavano solo uomini. Uno solo restava a vegliare perché la fiamma della battaglia politica non si confondesse con quella di un comune, banale falò. Saverio Grassi era seduto su un masso appena fuori il cancello della masseria, avvolto nel suo pesante pastrano verde militare e con la pipa serrata tra labbra e denti che rappresentava l'unica concessione alla quasi normalità di quella situazione. Pensò che quella notte potesse trascorrere nella tranquillità di un fuoco caldo e di una luna debordante. Si lasciò sedurre dalla voce femminile che intonava l'assolo di una melodia napoletana e pensò che potesse essere giusto, una volta tanto, rilassare la mente, lasciarla andare dove lei voleva e non dove lui la costringeva. Di colpo i suoi pensieri esplosero prendendo strade indefinite. Appena liberi volarono in mille direzioni come un fuoco d'artificio che esplode e brilla e scintilla ovunque, e ovunque i suoi pensieri trovarono spazi mai esplorati e per la prima volta si pose delle domande. Scoprì un mondo enorme oltre il suo, fatto di uomini e non di comunisti, di donne e non di passionàrie, di sentimenti e passioni non solo politiche, di amici e non di compagni. La voce femminile continuava nel suo canto all'amore.

"L'amore, una debolezza per chi non ha una missione da compiere" pensò Saverio. Un sentimento borghese che annulla la volontà, ma quando ci pensava sentiva il suo senso di vuoto colmarsi fino a regalargli brevi, sfuggenti attimi di serenità. Improvvisamente gli sembrò tutto strano ma, se non ne aveva avuto coscienza prima, forse quella sua sensazione non era reale, si trattava sicuramente della malefica combinazione di fuochi, luna piena e armonie napoletane. Ma non rigettò completamente quella strana, nuova sensazione e quel *forse* lo spaventò. Cominciano così le ammissioni, con un *forse*. Un monolite si stava incrinando ma non poteva permetterselo. Lui aveva uno scopo nella vita e non avrebbe mai permesso che il pensiero borghese lo indebolisse al punto da fargli ammettere un ingombrante, pericoloso *forse*. Il *forse* è un dubbio, una debolezza, una mezza ammissione. Lui stava guidando uomini e donne verso un mondo nuovo, verso conquiste che sarebbero costate sangue e lacrime e non è coi dubbi che si guidano uomini in battaglia. E lui sapeva bene cosa lo aspettava. La prima delle sue battaglie era anche la più critica. Don Riccardo era un osso duro, il nemico più difficile ma se avesse vinto questa battaglia non ci sarebbe stato bisogno di altre occupazioni. Riconquistò immediatamente il suo ruolo di comandante ma avvertì uno sgradevole sapore amaro in bocca. Pensò che fosse il prezzo da pagare per il destino di condottiero che s'era scelto.

V

Uomini e donne si erano addormentati intorno ai fuochi. La notte era tranquilla e calma ma il primo freddo di novembre si insinuava tra le pieghe dei mantelli e dei pesanti scialli femminili. Mariti e moglie si stringevano a cercare un reciproco tepore aggiuntivo, gli altri strisciavano più vicino che potevano ai fuochi. Saverio Grassi aspettava che qualcuno lo avvicendasse nella guardia. Guardava un tizzone bruciare, quando questo fu del tutto consumato si alzò per andare a prendere altri rami d'ulivo da aggiungere al fuoco. Quando fu in piedi vide due fari in lontananza che dirigevano nella sua direzione. Svegliò alcuni dei suoi uomini e attese che l'auto giungesse alla masseria. La luce dei fari e il rumore dell'auto svegliarono tutti gli uomini e le donne che si erano assopiti intorno ai fuochi. Le portiere dell'auto si aprirono, ne scesero tre uomini dei quali si intravedevano le differenti stature prima che fossero illuminati dai bagliori dei falò. La figura di don Riccardo era distinguibile anche al buio così come quella di Seppino Martocci, minuscolo e con la cartella perennemente sotto il braccio. L'altra figura non la riconobbero neanche alla luce; mantello arrotolato, cappello e uno strano arnese che sbucava dalla parte superiore del mantello. Don Riccardo e il suo misterioso accompagnatore arrivarono davanti agli uomini mentre Seppino Martocci rimase vicino alla macchina. A quel punto l'uomo lasciò cadere i lembi del mantello e comparve un fucile da caccia, di quelli a doppia canna in grado di sparare e uccidere lupi e cinghiali. Era rivolto verso l'alto e questo, per il momento, rassicurò tutti. Don Riccardo si diresse nella direzione di Saverio Grassi che lo stava aspettando dal primo pomeriggio ma, vista l'ora, non ci sperava più.

<Ci rivediamo Saverio Grassi, di nuovo nelle mie proprietà. Immagino che non mi farete entrare nella mia masseria. Conosco già la procedura>. La voce di don Riccardo appariva calma ma severa. Saverio Grassi fece un passo avanti, alzò un lembo del mantello dell'uomo col fucile scoprendo completamente l'arma. L'uomo col fucile restò immobile senza scomporsi.

<Noi non siamo armati> disse Saverio Grassi.

<Sì, ma voi siete sulla mia terra, nella mia masseria e non dovreste esserci> rispose don Riccardo <vi do tempo fino all'alba per sloggiare, tu e i tuoi uomini. All'alba manderò qualcuno a controllare e, se siete ancora qua, questa volta prenderò provvedimenti molto seri. La volta scorsa ve la siete cavata perché ho fatto intervenire i carabinieri ma ora non commetterò lo stesso errore>. Don Riccardo non attese la risposta di Saverio Grassi, si girò e ritornò alla macchina. I tre risalirono nuovamente nell'auto e ripartirono per la stradina sterrata che conduceva alla rotabile per il paese. Saverio Grassi non sembrava particolarmente spaventato dalla minaccia, neanche troppo velata, di don Riccardo. Si girò anche lui e ritornò al suo posto.

<E adesso?> chiese uno degli uomini.

<E adesso cosa?> rispose <cosa pensavi che avrebbe fatto lo sfruttatore, che ci avrebbe portato la cena calda? Noi porteremo avanti la nostra occupazione fino a quando non ci daranno la terra. Adesso dormite. Per stanotte non avremo altre visite>.

La notte trascorse tranquilla se così poteva definirsi una notte passata all'addiaccio e con le sentinelle che, durante i loro turni, aggiungevano la legna ai fuochi accesi. L'alba arrivò in un baleno per chi aveva dormito. Saverio Grassi era già sveglio da un po' quando il sole si affacciò tra il campanile dell'abbazia e la cupola della chiesa madre che delineavano nitidamente il profilo della collina a levante sulla quale era adagiato il paese. I contorni del paese e l'altipiano della Difesa si accesero di un rosso che ipnotizzò per qualche secondo l'uomo. Quando gli occhi non ce la fecero a sopportare oltre il bagliore accecante del sole che sorgeva si mise una mano a protezione degli occhi e per alcuni istanti rimase accecato fino a quando le sue pupille non si adattarono nuovamente alla luce del mattino. Stava per girarsi quando il suo sguardo individuò un uomo a cavallo, fermo a circa cinquecento metri, che guardava nella sua direzione. L'uomo a cavallo restò fermo ancora qualche secondo poi girò l'animale e tornò indietro. Saverio Grassi seguì con lo sguardo i due finché non scomparvero dietro alcuni calanchi rugosi che segnavano il confine con la contrada della Dogana. Senza dire nulla ai suoi uomini si girò a cercare quello che era stato il suo giaciglio per recuperare il pastrano. In quell'istante si aprì il cancello della masseria. Un gigante con il suo seguito di bestie e uomini lo attraversò in silenzio senza che nessuno osasse impedirglielo. La piccola folla si aprì al suo passaggio in due ali che si disposero ai lati della strada. Il suono dei campanacci, appesi al collo dei maschi più vigorosi che guidavano il gregge, sovrastava il calpestio di centinaia di piccoli zoccoli che battevano il duro terreno alzando un'impalpabile nuvola di polvere. La piccola folla degli occupanti restò a guardare per un po' quella scena da presepe, dove uno dei pupi appartiene ad un'altra collezione e, per questo motivo, risulta sproporzionato rispetto al resto dei personaggi. Alcuni contadini della masseria provarono a seguire le greggi ma furono fermati con i muli già adornati per attaccarci gli aratri rimasti nei campi. La semina, almeno per quella mattina, doveva aspettare. I contadini provarono a ribellarsi, niente lavoro, niente paga. Non era una bella prospettiva ma Saverio Grassi e i suoi uomini non lasciavano scelta.

Verso mezzogiorno una macchina raggiunse le greggi e i pastori sulla riva del Bradano. Don Riccardo ne scese facendo attenzione a non graffiare le costose scarpe tra le zolle ruvide. Chiese del capo massaro. Antonio Laforgia stava tagliando un ramo da un pero selvatico, in masseria ne avrebbe fatto un bastone piegandone la punta con il calore di un fuoco. L'uomo risalì il costone del fiume e si presentò a don Riccardo. Agli occhi degli altri pastori le due figure imponenti fecero una grande impressione.

<Stasera mi dovresti dare una mano con quegli straccioni che sono alla masseria. Ho fatto chiamare una squadra da Taranto. Sono una decina di tipi decisi e ben attrezzati, basteranno. Se ci sei anche tu potremo liberarci in fretta di loro. Dopo un paio di teste rotte gli altri scapperanno via come conigli>. Antonio Laforgia non si scompose, alzò impercettibilmente il capo senza comunque scoprire gli occhi:

<Io sono il massaro. Non è lavoro per me>. La voce dell'uomo, che sembrava giungere direttamente dalle profondità degli inferi, gelò il sangue nelle vene persino a don Riccardo. Senza aggiungere altro il massaro ritornò al suo ramo di pero selvatico. Don Riccardo capì che non era il caso di insistere. Riprese l'auto e scomparve nella polvere.

VI

La notizia dell'occupazione della masseria Galasso ormai girava in paese dal giorno prima e la gente si chiedeva come mai non fossero ancora intervenuti i carabinieri e la polizia. Il motivo era semplice: don Riccardo non li aveva chiamati. Voleva risolvere la situazione il prima possibile, prima che diventasse un caso politico con conseguente intervento delle autorità. In tutta la regione da qualche anno si stavano verificando occupazioni e manifestazioni di contadini e braccianti: San Mauro Forte, Tricarico, Irsina, Matera, Ferrandina, Montalbano e ancora altri comuni. C'era la concreta possibilità che il Parlamento intervenisse nell'accoglimento delle loro richieste con espropri ai latifondisti e assegnazione delle terre ai contadini e si era ormai molto vicini a una soluzione in tal senso. Bisognava evitare che ci fossero altri casi. Dopo una mattinata passata al telefono con altri proprietari della zona, dai quali aveva ottenuto consenso e promesse di sostegno, don Riccardo aveva deciso di affrontare direttamente la questione senza l'aiuto della forza pubblica e a tale proposito aveva chiesto aiuto a un suo amico piuttosto ben introdotto in ambienti della malavita tarantina. Costui, nel giro di poche ore, gli aveva organizzato una squadra di picchiatori con pochi scrupoli e pronta ad intervenire immediatamente. Ovviamente il piano doveva restare segreto, perfino per Seppino Martocci. Il buon Seppino era all'oscuro di tutte le attività quasi, o per niente, lecite messe in atto dal suo datore di lavoro. Don Riccardo preferiva gestire in proprio tali attività anche per una forma di affetto che nutriva verso il suo fedele segretario che, comunque, non avrebbe potuto sopportare emotivamente tali situazioni.

Seppino era appena arrivato nell'ufficio che don Riccardo aveva in paese, appoggiò la sua cartella sulla scrivania e bussò alla porta della stanza di don Riccardo che era arrivato prima di lui.

<Don Riccardo, sono arrivato>.

<Bene Seppino, io esco a prendere un caffè, oggi non sono riuscito neanche a mangiare un boccone>.

Il sole ancora alto stava, però, calando dietro la torre dell'orologio ma illuminava ancora una larga fetta della piazzetta antistante l'ufficio di don Riccardo. L'uomo prese il cappello dall'appendiabiti e uscì per recarsi al bar all'angolo tra la piazzetta e il corso del paese. Seppino si alzò dalla scrivania e, approfittando dell'assenza del suo padrone, andò ad aprire la porta d'ingresso per far uscire, almeno parzialmente, il fumo dei sigari Toscano, che don Riccardo aveva fumato in sua assenza, e il loro puzzo persistente che impregnava mobili, libri e le giacche appese all'appendiabiti. Si fermò per un attimo sulla soglia della porta a respirare un po' d'aria pulita e gli ultimi raggi di sole che filtravano tra le quattro colonnine del campanile sulla torre dell'orologio. Stava per rientrare quando nella piazzetta arrivò un camioncino con il cassone ricoperto da un pesante telo di colore grigio sporco o, forse, era solo sporco. Dalla cabina ne scese un uomo che lui aveva conosciuto la sera precedente, era quello col fucile, ma che non aveva mai visto prima di allora e che don Riccardo non gli aveva presentato. L'individuo si diresse in direzione del bar. Nel frattempo per la piazzetta passò un cane randagio che annusava gli angoli delle case e si avvicinò ad annusare anche le ruote del camioncino. Mentre stava alzando la gamba per marcare quel territorio che non gli apparteneva e che gli si sarebbe mostrato ostile oltre ogni ragionevole previsione, improvvisamente il telo del camioncino, che sul lato posteriore del mezzo chiudeva a tenda, si aprì e si affacciarono con violenza inaudita due mostruose e feroci teste ringhianti che iniziarono ad abbaiare rabbiosamente all'indirizzo del povero randagio. Dal telo semiaperto si intravidero due uomini all'interno che trattennero con fatica le due bestie legate a robusti guinzagli. Gli uomini, ritratti i cani, si affrettarono a chiudere il telo e riuscirono a zittire gli animali. Il randagio schizzò via come se avesse appena avuto un incontro troppo ravvicinato con alcuni dei demoni più terrificanti e sanguinari che avrebbe mai potuto immaginare e scomparve in una stradina che diramava dalla piazzetta in direzione di Largo Monterrone.

Alla comparsa degli animali anche Seppino fece il gesto istintivo di ritrarsi nell'ufficio ma fece in tempo a vedere gli uomini che trattenevano i cani e che chiusero frettolosamente il telo del camioncino. Si riaffacciò sulla porta e intravide l'uomo che era entrato nel bar mentre salutava don Riccardo e risaliva sul camioncino che partì immediatamente. Seppino sapeva quando tacere e qualcosa in quel momento gli stava suggerendo di non dire niente a don Riccardo della scena cui aveva assistito e dell'uomo che aveva visto salutarlo. Ma la sua emotività era il suo punto debole, non riusciva proprio a nascondere le sue apprensioni poiché si manifestavano fisicamente. Iniziava a sbiancare in volto con improvvisa sudorazione, tremore alle mani e gli occhialini che, non si sa perché, iniziavano a scendere sul piccolo naso affilato quasi volessero scomparire da soli nella custodia. E poi c'era il consueto tartagliamento che, a seconda delle circostanze, passava dal debole all'accentuato fino alla fase acuta. Quando don Riccardo entrò nell'ufficio lui era seduto alla sua scrivania, chino su un foglio con la penna in mano. Don Riccardo entrò nella sua stanza senza neanche guardarlo, ne uscì poco dopo con la sua borsa, prese il giaccone dall'appendiabiti e diede un'occhiata a Seppino.

<Io devo uscire, rientrerò verso sera. Chiudi pure tu l'ufficio>.

<V v v v va bene>. Don Riccardo lo guardò e lo vide agitato.

<Seppino va tutto bene?>. Seppino fece cenno di sì con il capo senza tuttavia guardare il suo padrone. Don Riccardo intuì che c'era qualcosa che non andava, lo guardò per un attimo per cercare di capire. Seppino alzò lo sguardo e annuì con un cenno del capo ostentando una certa sicurezza come per dire "va tutto bene". Don Riccardo aveva fretta e pensò che il suo segretario fosse ancora agitato per la storia dell'occupazione della masseria. Non era il momento per indagare. Quando Seppino restò solo ricostruì mentalmente l'accaduto. Lo sconosciuto col fucile della sera prima conosceva ovviamente don Riccardo e nel camioncino c'erano uomini misteriosi e cani che avevano tutta

l'aria di non essere di semplice compagnia. Alla masseria aveva ascoltato la minaccia di don Riccardo a Saverio Grassi. Non gli fu difficile giungere alla conclusione che quegli uomini erano diretti alla masseria con il compito di liberarla dagli occupanti. All'idea di quello che stava per accadere alla masseria Galasso fu preso da un'angoscia che gli bloccò ulteriormente, come era normale nel suo caso, il respiro. Non poteva andare dai carabinieri, sarebbe stato come denunciare il suo datore di lavoro al quale, peraltro, era affezionato e a ragione poiché, don Riccardo, gli aveva sempre dimostrato un certo rispetto e notevole generosità. Ma non poteva neanche starsene con le mani in mano perché gli uomini che aveva visto nel camioncino non avevano un'aria rassicurante. La situazione in realtà era drammatica e bisognava agire e subito. Se alla masseria fosse successo qualcosa di grave, come sembrava più che probabile, lui non se lo sarebbe mai perdonato. Tra quella gente c'erano molte persone che lui conosceva, magari qualche parente o compare, amici. Ma cosa fare? Iniziò a balbettare da solo. Prese a fare avanti e indietro nell'ufficio mentre sudava come fosse luglio ma era un sudore freddo che cominciò ad avvertire dietro la schiena come goccioline di acqua gelata che gli scendevano per la colonna vertebrale e lo facevano rabbrividire. Era in preda al panico totale. Stava ripassando con la mente le persone alle quali avrebbe potuto chiedere aiuto ma l'agitazione gli impediva di ragionare. A un certo punto notò sulla scrivania un messaggio che gli aveva lasciato don Riccardo qualche giorno prima.: "Avvisare il dottor Giudice del controllo periodico al bestiame per la settimana prossima". Non ci pensò su molto. Luigino Giudice era l'unica persona cui don Riccardo avrebbe potuto dare ascolto. Uscì di corsa dall'ufficio senza neanche prendere la sua cartella. Prese per il corso e si diresse verso lo studio di Luigino Giudice. Vi arrivò che Luigino ne stava uscendo insieme ad Antonio Selvaggio, un piccolo allevatore del paese. Seppino prese Luigino per il braccio e lo trascinò nello studio. L'uomo sembrava sconvolto e Luigino cercò di calmarlo.

<Seppino calmati. E' successo qualcosa?> chiese preoccupato Luigino. Seppino provava a spiegarsi ma non riusciva a pronunciare una sola parola. In qualche modo e dopo vari tentativi fece capire a Luigino quello che stava per succedere alla masseria Galasso. Luigino mandò immediatamente Antonio Selvaggio ad informare i carabinieri e chiedere il loro intervento. Il pover'uomo giunse in caserma sudato e sfinito per quanto aveva corso. Riferì al maresciallo Surbo il messaggio di Luigino e solo allora fece un profondo respiro e il preoccupante rossore sul suo volto iniziò a dissolversi. Il maresciallo Tobini, eroe della rivolta contadina di qualche anno prima e della battaglia contro i nazifascisti il giorno in cui questi furono scacciati dal paese, era stato trasferito da qualche anno. Il nuovo maresciallo era molto meno incorruttibile del suo predecessore, meno eroe ma, soprattutto, meno carabiniere. Aveva ricevuto l'ordine da don Riccardo di non muovere in alcun modo i suoi carabinieri e, benché temesse che alla masseria Galasso potessero verificarsi fatti gravi, obbedì al suo padrone e non si mosse dalla caserma. Luigino Giudice, nel frattempo, era andato a prendere la sua auto, una Fiat 500 Topolino di colore verde scuro che aveva acquistato due mesi prima per la felicità dei suoi figli. Era deciso a recarsi presso la masseria Galasso per incontrare don Riccardo nel tentativo di convincerlo a evitare lo scontro. Non sapeva come ci sarebbe riuscito ma era intenzionato a provarci. Per strada incontrò don Liborio l'arciprete, agitato come non mai e anche lui intenzionato a raggiungere la masseria. Aveva saputo dell'intenzione di don Riccardo da Antonio Selvaggio incontrato mentre questi stava ritornando dai carabinieri e anche lui era intenzionato a evitare a qualunque costo quello che poteva rivelarsi un drammatico spargimento di

sangue. Fermò l'auto di Luigino per chiedergli di accompagnarlo e fu sorpreso quando seppe che anche questi si stava recando alla masseria e con le medesime intenzioni. Luigino conosceva molto bene la strada perché alla masseria ci si era recato spesso per motivi professionali. La piccola automobile sobbalzava pericolosamente sulle buche e sui sassi del tratturo, ad ogni trabalzo sembrava che dovesse lasciare per strada brandelli di carrozzeria ma l'eroica vettura procedeva velocemente e senza esitazioni. Don Liborio, agganciato con forza alla maniglia dello sportello, sembrava particolarmente sorpreso dalla tenuta della piccola vettura ma lo era ancor di più dal modo di guidare di Luigino che spingeva sull'acceleratore senza riguardo per le precarie connessioni meccaniche del veicolo né per la sua schiena già sofferente e che, ad ogni sconnessione dello sterrato, lanciava dolorose fitte per tutto il corpo. Ma entrambi sapevano che non si potevano permettere nessuna prudenza e che dovevano raggiungere la masseria il prima possibile.

VII

Arrivarono alla masseria da una stradina secondaria che Luigino conosceva bene perché portava alle stalle situate sul retro della masseria. Lasciarono l'auto sotto il muro di cinta ed entrarono attraverso un ingresso con una porta in ferro rossiccio, per lo strato di ruggine accumulata in anni di esposizione alle intemperie, e che Luigino sapeva come aprire. Non incontrarono nessuno finché non svoltarono l'angolo della masseria che dava a Sud. Qui videro la folla dei contadini e delle loro donne che si contrapponeva a un gruppo meno numeroso, composto da una decina di individui, che lo fronteggiava. Don Riccardo non c'era. Il numero dei due singoli schieramenti era decisamente a favore del primo ma il secondo gruppo brandiva con tracotanza terrificanti doppiette e un paio di mitra che nessuno si illudeva fossero stati portati solo per mostra.

Luigino e don Liborio, notata l'assenza di don Riccardo, decisero che sarebbero rimasti nascosti dietro l'angolo fiduciosi nell'imminente arrivo dei carabinieri. Comunque cercavano di capire il momento per intervenire senza correre il rischio di spezzare il delicato e precario equilibrio che fino a quel momento sembrava tenere. La squadraccia mandata da don Riccardo era schierata, armi da fuoco, bastoni e i cani che i loro padroni facevano fatica tenere a bada. Le donne avevano preso posizione davanti ai loro uomini sperando, a questo punto ormai con scarsa convinzione, che gli uomini armati non avrebbero aperto il fuoco su di loro. Fronteggiare polizia e carabinieri era un'altra cosa. Nell'aria si avvertiva la sensazione che stava per succedere qualcosa di terribile e lo sapevano tutti. Gli ordini di don Riccardo erano stati molto chiari: "Domani mattina voglio fare colazione nella veranda della mia masseria".

Luigino e don Liborio, nascosti dietro le stalle, aspettavano invano l'arrivo dei carabinieri perché si evitasse quello che ormai sembrava inevitabile. Persino gli uomini di don Riccardo speravano in un improvviso accadimento che evitasse loro di aprire il fuoco, l'idea di sparare sulle donne non piaceva neanche a loro ma, dal loro punto di vista, non avevano scelta; se avessero ricevuto l'ordine avrebbero sparato. Era ormai scesa la notte sulla masseria Galasso ma nessuno se n'era accorto. La grande luna illuminava fin troppo distintamente tutti gli attori di quella tragica scena. Si distinguevano nitidamente persino le piante di fichi d'india, con le loro racchette irsute, che circondavano il muro di cinta della masseria settecentesca.

Tutto sembrava disegnare drammaticamente i contorni di un'inevitabile tragedia. L'atmosfera era così densa che la si poteva toccare come l'aria pregna di afa prima di un temporale d'agosto. L'ordine stava per partire, inesorabile e micidiale.

D'improvviso una piccola nube coprì la luna proiettando un cono d'ombra sugli schieramenti e il terrore sembrò impossessarsi delle loro menti sovraeccitate. Nel buio tutti pensarono che gli altri avrebbero approfittato della situazione per compiere la prima mossa. Fortunatamente il ritorno quasi immediato del chiarore lunare trovò gli schieramenti nella stessa posizione in cui li aveva lasciati.

Luigino e don Liborio, ormai dubbiosi sull'arrivo in tempo dei carabinieri, uscirono dal loro nascondiglio con l'intenzione di andarsi a frapporre tra le due fazioni ma, prima che vi giungessero, improvviso e inaspettato dal gruppo degli occupanti si levò un canto, dapprima tremolante poi sempre più fiducioso:

<*Magnìficat ànima mea Dòminum*>.

L'improvvisa intonazione del cantico mariano squarciò la tesa atmosfera come un fulmine che saetta improvviso e con fragore assordante nella notte. La voce si fermò aspettando una risposta che non arrivò, allora riprese con più forza:

<*Magnìficat ànima mea Dòminum*>. A quel punto alcune voci femminili risposero dapprima titubanti:

<*Et exultàvit spìritus mèus in Deo salutàri meo*>. La prima voce riprese:

<*Quìa respèxit humilitàtem ancìllae suae, écce ènim hoc beatàm me dìcent omnes generatiònes*>.

Il cantico mariano proseguì raccogliendo sempre più voci mentre la prima fila di donne si inginocchiò come una schiera di fucilieri pronta ad aprire il fuoco. Nelle mani di alcune di loro si materializzarono delle coroncine di Rosari.

<*Quìa fécit mìhi magna qui pòtens est et sanctum nòmen èjus*>.

Gli uomini di don Riccardo cominciarono a guardarsi perplessi. Non capivano quello che stava accadendo né quello che le donne cantavano ma avvertivano un inspiegabile senso di terrore che faceva tremare le loro braccia spavalde e confondeva le loro menti. Il cantico continuava inesorabile e terribile come una bordata di artiglieria. La voce solitaria riprese con il verso successivo:

<*Et misericòrdia èjus a progène in progènies timèntibus èum*>. Le altre risposero:

<*Fécit potèntiam in bràchio suo, Dispèrsit supèrbos mènte còrdis sùi*>

<*Depòsuit potèntes de sede et exaltàvit hùmiles*>.

Le ultime due strofe furono intese chiaramente come recitate in una lingua universale comprensibile a tutti. Sollevarono gli animi dei contadini e disorientarono i loro avversari. Luigino e don Liborio si fermarono come fulminati prima di raggiungere il gruppo dei contadini. L'attacco era stato lanciato ma non come loro avevano temuto. Non spari, nessun urlo o imprecazione. Non scontro di uomini o pianto di donne. Solo voci che salivano a magnificare il Dio di Abramo e della sua discendenza nella recita della struggente invocazione di Maria. Tuttavia l'effetto che ne derivò fu altrettanto dirompente. Nel disorientamento generale si levò una voce terrorizzata che invitava ad alzare gli occhi al cielo:

<Le stelle si stanno muovendo, guardate, si dispongono in cerchio>.

<Madre Santissima, sono dodici>.

<L'Apocalisse di San Giovanni>.

<Inginocchiatevi, inginocchiamoci tutti. Il terribile drago sta per rovesciarci addosso il cielo>.

Come guidati da una volontà comune, dal lato degli occupanti si inginocchiarono tutti e si levò l'implorazione alla Vergine:

<*Ave Maria gràtia plena, Dòminus tècum, benedìcta tu in mulìeribus, et benedìctus fructus ventris tui, Jesus. Sancta Maria, mater Dei, ora pro nobis peccatòribus, nunc et in hora mortis nòstrae. Amen*>.

Mentre le preghiere continuavano incessanti e giungevano quasi insopportabili alle orecchie degli uomini armati, questi lasciarono cadere le armi come fossero diventate incandescenti nelle loro mani e presero a scappare nella direzione del loro camioncino. Vi salirono tutti disordinatamente insieme ai loro cani e con il terrore che faceva volare i loro piedi. Il camioncino si allontanò in tutta fretta lasciando una densa scia di polvere che andò dissolvendosi lentamente nel chiarore lunare disegnando incorporee figure di fantasmi.

Don Liborio raggiunse il gruppo mentre Luigino, sollevato per lo scampato pericolo, andò a recuperare l'auto e tornò in paese. Le donne, con in testa don Liborio, continuarono a pregare per tutta la notte mentre gli uomini, anch'essi inginocchiati, non riuscivano a seguire le loro litanie in latino. Solo Saverio Grassi restò in piedi muto, esterrefatto e con gli occhi rivolti alle stelle. Il cielo restò al suo posto e non fu scaraventato sulle miserie umane come aveva profetizzato San Giovanni nell'Apocalisse ma la mattina successiva don Riccardo dovette rinunciare alla sua colazione nella veranda della masseria.

Al sorgere del sole le donne, guidate da don Liborio, fecero ritorno al paese in processione mentre gli uomini restarono a presidiare la masseria, l'occupazione continuava.

VIII

La voce del miracolo ai Tre Confini si sparse con una rapidità che aveva essa stessa del miracoloso. In paese accolsero la processione con i parroci in attesa sulla Porta Maggiore, chierichetti con i bastoni da processione e le croci d'argento che scintillavano ai raggi del sole del mattino. Fu una giornata di preghiera e di ringraziamento per lo scampato pericolo alla masseria Galasso.

Nel pomeriggio i preti del paese, i monaci Francescani della chiesa dei Cappuccini e un inviato del Vescovo di Matera si riunirono nel coro della chiesa madre per analizzare i fatti accaduti e formulare una prima ipotesi da sottoporre al Vescovo. Alla riunione era stata chiamata anche Filomena Susca, devota che svolgeva volontariamente le pulizie della chiesa e che aveva partecipato insieme a suo marito all'occupazione della masseria Galasso, era sua la voce che aveva dato inizio al canto del Magnificat. La pia donna, ancora visibilmente scossa dall'esperienza mistica, raccontò i fatti per come si erano svolti ai suoi occhi. Don Francesco, il parroco di Santa Lucia, chiese a don Liborio la sua opinione perché testimone dell'accaduto e in qualità di arciprete. Il presule restò in silenzio per alcuni interminabili minuti. Sembrava tormentato, indeciso, come se quello che stava per rivelare avrebbe potuto cambiare le sorti stesse di quella comunità così amata e meritevole. In realtà la sua testimonianza era fondamentale, chi meglio di lui avrebbe potuto raccontare il "miracolo" ai suoi confratelli e all'inviato del Vescovo. Lui, rappresentate della Chiesa e testimone diretto dell'evento; la sua testimonianza sarebbe potuta bastare a fare della masseria Galasso il luogo del miracolo e della piccola cappella, che vi si trova all'interno, un santuario. Chiese mille volte al Signore di infondergli la saggezza necessaria per quel grave momento perché, dopo, non avrebbe potuto ritrattare quanto affermato innanzi a quell'assemblea. Infine pensò che il Signore è verità e verità avrebbe proferito.

<Carissimi fratelli. Il prodigio di cui si racconta, a prima vista, presenta degli aspetti simili al fenomeno inspiegabile, senza il conforto della fede, verificatosi a Fatima agli inizi del secolo. In quel Santo luogo la Vergine benedetta, non potendosi palesare alla moltitudine dei fedeli e dei semplici curiosi, mosse gli astri celesti a testimonianza della potenza e della gloria di nostro Signore, affinché tutti i presenti, nessuno escluso, ne

ammirassero la magnificenza. Fedeli e atei, scienziati e curiosi assistettero con meraviglia al prodigio entrato ormai senza ombra di dubbio alcuno tra i fatti portentosi attestati dalla Santa Chiesa di Dio. Tuttavia> qui don Liborio fece una piccola pausa e tirò un profondo sospiro <in merito al fatto, pur straordinario, di cui si racconta sia successo nelle nostre campagne ieri sera, temo di dover spegnere ogni vostra aspettativa sulla conferma del presunto miracolo> disse amareggiato il presule già sapendo di spezzare il cuore della donna e deludere le aspettative dei suoi confratelli <Io ero presente alla masseria Galasso e non ho visto il prodigio di cui si parla>. L'affermazione perentoria di don Liborio ebbe l'effetto di una secchiata d'acqua gelata sui presenti. Nessuno si aspettava una smentita così secca e definitiva sul presunto miracolo della sera prima. Soprattutto non se lo aspettavano dal loro arciprete. Filomena Susca ebbe un gesto quasi di ribellione alla conclusione del suo parroco. Lei era lì e con lei almeno un centinaio di altre persone che avevano assistito al fenomeno.

<Don Liborio, con tutto il rispetto che nutro nei vostri confronti, non capisco proprio come si possa dubitare di quello che abbiamo visto in tanti. Persino gli uomini di don Riccardo sono scappati via terrorizzati abbandonando le loro armi. Se questo non è un miracolo non so proprio come si possa definire. E poi, voi eravate lì insieme a tutti noi e non potete dire di non aver visto quello che, invece, tutti hanno visto>.

<Cara Filomena> disse dispiaciuto don Liborio <Mi dispiace disilluderti. Dio solo sa quanto avrei voluto essere testimone di un fatto così eccezionale. Io ero lì in mezzo a voi, è vero. In principio io e il dottor Giudice siamo rimasti dietro le stalle attendendo l'arrivo dei carabinieri che il dottore aveva fatto avvertire. Temevamo che potessero succedere incidenti, come in effetti stava per accadere. Quando qualcuno ha gridato delle stelle che si muovevano ho guardato anch'io al cielo ma non ho

visto niente e non riuscivo a capire quello che accadeva perché sembrava che proprio tutti stessero assistendo ad un evento miracoloso. Eppure avrei voluto, sì avrei voluto assistere anch'io a quella meravigliosa illusione. Ma hai ragione a dire che il miracolo vero c'è stato perché quella che poteva diventare una delle serate più sanguinose nella storia millenaria del nostro povero paese si è trasformata in una magnifica notte di preghiera che ha sicuramente rinfrancato il cuore trafitto della Vergine. La preghiera stessa è un miracolo, forse il miracolo più grande perché ci mette in comunicazione con Dio. Qualunque cosa sia realmente accaduta ieri sera, uomini che non entrano in chiesa dal giorno del loro battesimo si sono inginocchiati e hanno pregato. Ci può essere miracolo più grande?>.

<E il dottor Giudice? Cosa dice del fatto?> chiese don Francesco interrompendo sul nascere un'obiezione della donna.

<Il dottor Giudice non ha visto niente. Esattamente come me>.

<Ma allora come vi spiegate che un centinaio di persone abbiano visto le stelle muoversi e disporsi in cerchio a corona della Vergine?> chiese Filomena sempre più risentita.

<Gli studiosi della mente umana le chiamano allucinazioni collettive. Qualcuno crede di vedere qualcosa e questo influenza tutti gli altri presenti. Solo chi riesce a restare lucido sfugge a questo fenomeno. Contrariamente a quanto verificatosi a Fatima, dove tutti hanno assistito all'evento straordinario qui, almeno in due, non possono confermare il fenomeno e uno di questi sono io. Ripeto, mi dispiace deluderti ma ieri sera c'è stato sicuramente un miracolo alla masseria Galasso ma non è quello che tutti credono di aver visto>.

<Sarebbe opportuno chiamare il dottor Giudice a raccontare la sua versione sull'accaduto> disse don Francesco.

<Gli avevo già chiesto di passare qui in chiesa prevedendo che ci sarebbe stato bisogno della sua testimonianza> rispose

don Liborio. Come a confermare le parole del sacerdote in quel momento in chiesa arrivò Luigino.

<Dottor Giudice, vi avevamo quasi evocato, accomodatevi e raccontateci la vostra versione sull'accaduto alla masseria Galasso la notte scorsa> gli fece don Francesco. Filomena incalzò Luigino: <Dottore diteci che non siamo tutti pazzi. Le avete viste anche voi le stelle che si muovevano e formavano una corona?>.

<Da quello che mi chiedete posso immaginare che don Liborio si sia già espresso. Sono rammaricato per tutti coloro che sostengono la tesi del miracolo ma, purtroppo, devo ammettere che neanche io ho visto nessuna stella muoversi in nessuna direzione, tanto meno disporsi in cerchio. Per cercare di capirci qualcosa, stamattina ho fatto qualche telefonata. Ho chiesto chiarimenti sul fenomeno a un amico professore di psichiatria all'università di Bari. Mi ha spiegato che il fenomeno è tuttaltro che raro. In particolari ambienti affollati e in condizioni di eccitazione psichica, com'era la masseria Galasso ieri sera a causa della forte tensione, acuita dall'improvviso canto del Magnificat, si può verificare che qualcuno, mosso da uno stato di allucinazione che non ha riferimento nella realtà, veda qualcosa di straordinario e che questo suo stato mentale contagi anche gli altri per suggestione. In genere si tratta di un'allucinazione iniziale, definita dagli studiosi *rivelazione*, che dà luogo a quello che, mi è stato spiegato, genera un *Delirium Fide>*.

<Ma fra i presenti c'erano molte persone che si possono definire in tanti modi ma non certo fedeli> obiettò Filomena <perfino quell'anticristo di Saverio Grassi>.

<Infatti> rispose Luigino <il professore mi ha spiegato che non occorre essere religiosi per essere coinvolti nell'allucinazione. Io e, sicuramente, don Liborio ci riteniamo credenti ma non siamo stati contagiati dall'illusione. Probabil-

mente perché non ci aspettavamo di vedere il prodigio e forse anche perché eravamo a una certa distanza dal vostro gruppo. Questo ci ha permesso di non esserne coinvolti>.

<Ma questo non esclude che il prodigio ci possa essere stato comunque> intervenne don Francesco <tornando all'esempio citato da don Liborio, i miracoli di Fatima, la Beata Vergine si mostrò solo ai pastorelli, non a tutti i fedeli presenti. Persino nelle apparizioni ai ragazzi spesso non appariva a tutti ma ad alcuni di loro>.

<E' vero> rispose don Liborio <io e il dottor Giudice potremmo essere stati esclusi dalla visione. Ma perché solo noi due? Siamo forse peccatori indegni più di qualsiasi altro presente quella sera? Potrebbe anche essere> ammise con umiltà don Liborio <ma resta il fatto che noi non possiamo confermare l'evento miracoloso>.

Monsignor Gavazzeni, l'inviato del Vescovo, ascoltava in silenzio la discussione. L'anziano religioso, invitato a esporre il suo pensiero, invitò tutti i presenti a una pausa di preghiera.

<Cari confratelli, prima che io vi esprima la mia opinione sulla vicenda invochiamo la saggezza dello Spirito Santo perché ci illumini e ci permetta di affrontare con serenità la questione anche se noi, stasera, non siamo chiamati a decidere in modo definitivo. Altri, molto più illuminati di noi, sapranno individuare la volontà di Dio nei fatti di cui si discute>.

"O Spirito di Dio, che con la tua luce distingui la verità dall'errore, aiutaci a discernere il vero. Dissipa le nostre illusioni e mostraci la realtà. Facci riconoscere il linguaggio autentico di Dio nel fondo dell'anima nostra e aiutaci a distinguerlo da ogni altra voce. Mostraci la volontà divina in tutte le circostanze della nostra vita, in modo che possiamo prendere le giuste decisioni. Aiutaci a cogliere negli avvenimenti i segni di Dio, gli inviti che ci rivolge, gli insegnamenti che vuole inculcarci. Rèndici atti a percepire i tuoi suggerimenti, per non

perdere nessuna delle tue ispirazioni. Concedici quella perspicacia soprannaturale che ci faccia scoprire le esigenze della carità e comprendere tutto ciò che richiede un amore generoso. Ma soprattutto eleva il nostro sguardo, là dove egli si rende presente, ovunque la sua azione ci raggiunge e ci tocca. Per Cristo nostri Signore. Amen."

Dopo la preghiera, seguita da un momento di riflessione, Monsignor Gavazzeni intervenne nella discussione:

<Mi sembra fuor di dubbio la buona fede di chi sostiene il miracolo. D'altra parte mi sembra altrettanto priva di fondamento la possibile esclusione dal presunto evento miracoloso del reverendo arciprete e del dottor Giudice, entrambe persone degnissime e di virtù riconosciute. Ma, in tutta serenità, non posso esprimere un'opinione in merito. Però condivido appieno l'opinione espressa dal reverendo arciprete circa il miracolo della preghiera. Infatti, ogniqualvolta noi preghiamo, non siamo noi a farlo, è lo Spirito Santo che scende nei nostri cuori e prega in noi. Di San Francesco si diceva "*Non tam orans, quam oratio factus*". Non era più lui a pregare ma egli stesso era preghiera vivente. Comunque, tornando ai fatti della scorsa notte, mi limiterò a trasmettere al Vescovo quello che ho ascoltato. E' un fatto che merita senz'altro maggiori approfondimenti e posso garantirvi che mi occuperò personalmente di indagare sull'evento>.

5 - Contadino per i contadini

Quella mattina Luigino aveva una particolare fretta di uscire di casa. Prima di andare allo studio aveva da sbrigare una faccenda che non lo aveva fatto dormire. Gli accadimenti alla masseria Galasso della sera prima lo avevano turbato non poco, ma quello che gli aveva roso il fegato per tutta la notte era ciò che non era successo alla masseria: l'arrivo dei carabinieri. Aveva già deciso di non usare alcuna diplomazia nella reprimenda che stava per rovesciare sul maresciallo Surbo.

La caserma era situata nella stessa piazzetta dove si affacciava l'ufficio di don Riccardo Galasso. Vi entrò in maniera piuttosto rude:

<Avrei urgente bisogno di parlare con il maresciallo> disse all'agente di piantone.

<Lo avviso subito dottore> gli rispose l'agente.

Il maresciallo che aveva intuito il motivo della visita cercò di prendere tempo e fece dire che momentaneamente era impegnato e che non poteva riceverlo. Luigino, ulteriormente indignato, disse al militare che se il maresciallo non aveva tempo per riceverlo lo avrebbero sicuramente ricevuto a Matera presso il comando provinciale e vi si sarebbe recato quella mattina stessa. Questo proposito, non proprio rassicurante, fece cambiare idea al maresciallo Surbo che fece accomodare Luigino nel suo ufficio.

<Spero che lei abbia un motivo più che valido per giustificare il suo mancato arrivo ieri sera alla masseria Galasso> disse Luigino irrompendo nella stanza del maresciallo senza neanche salutare <si rende conto che solo per un miracolo, nel vero senso della parola, ieri sera non c'è stata una strage alla masseria. L'avevo fatta avvisare per tempo, invece, lei ha pensato bene di infischiarsene del mio allarme>. Il maresciallo si trovò da solo davanti alle sue responsabilità, gravissime, e non aveva modo

di presentare alcuna giustificazione plausibile. Quella che aveva già preparato ormai sembrava piuttosto debole anche per lui stesso, volle comunque sostenerla spinto più dalla disperazione che da un reale convincimento:

<Dottore, io sono mortificato, ma lei stesso sa che in caserma siamo solo in tre e non avremmo potuto fare nulla davanti a più di cento persone e poi ero convinto che non sarebbe accaduto nulla, don Riccardo me lo aveva promesso>.

<Lei maresciallo è completamente pazzo. Questa è la scusa più incredibile che mi sarei potuto aspettare. Avrebbe potuto benissimo chiamare dei rinforzi da Matera e, comunque, lei doveva essere lì con i suoi uomini già dalla mattina, quando si è avuta notizia dell'occupazione della masseria. Ma che carabiniere è lei>. Luigino era fuori di sé. Dopo aver conosciuto il maresciallo Tobini qualche anno prima, quell'uomo gli sembrava assolutamente fuori posto, inadeguato. L'eroe della guerra ai nazifascisti, il carabiniere che aveva sedato una rivolta popolare da solo e disarmato gli sembrava un termine di paragone troppo alto, spropositato nei confronti di quell'uomo verso il quale non nutriva alcuna stima e che vestiva indegnamente una gloriosa divisa. Gli promise che avrebbe denunciato quel comportamento ingiustificabile al comando provinciale quella mattina stessa e abbandonò l'ufficio così come ne era entrato, senza salutare.

II

Alla masseria Galasso l'occupazione continuava, ma non c'era più lo spirito che aveva animato gli uomini nei giorni precedenti. Lo sconcerto per gli accadimenti della sera prima aveva fatto allentare la pressione sui braccianti della masseria. Qualcuno aveva ripreso a lavorare e nessuno glielo aveva impedito. Greggi, pastori e capo massaro in testa continuavano ad entrare e uscire dalla masseria senza nessun ostacolo, l'occupazione stava assumendo sempre più l'aspetto di un bivacco. Saverio Grassi stette un giorno intero senza parlare con nessuno. I suoi uomini lo vedevano seduto sul masso, spento come la sua pipa, senza più voglia di lottare. Il condottiero impavido di qualche giorno prima ora sembrava un generale sconfitto, avvolto nel suo pastrano, con la mente che vagava senza ormai più alcun controllo. Eppure una mezza vittoria l'avevano ottenuta, don Riccardo e i suoi uomini erano stati sconfitti, l'occupazione continuava e, ora, quegli uomini avevano bisogno di una guida. Avevano resistito ancora un giorno senza qualcuno che li rincuorasse, che desse loro il coraggio di spingere oltre quella battaglia ormai quasi vittoriosa ma che, invece, appariva vana e senza speranza. Fra di loro gli uomini si chiedevano cosa avesse spezzato il forte nerbo di Saverio, se il rischio corso dello scontro con gli uomini armati di don Riccardo o il prodigio delle stelle. Nessuno osava scommettere sull'una causa o sull'altra. Era già ampiamente noto che Saverio Grassi non avesse paura della battaglia anche fisica, tanto meno di interventi soprannaturali, soprattutto alla luce della posizione assunta da don Liborio in merito al presunto miracolo, ormai tutti si erano rassegnati alla tesi dell'allucinazione collettiva anche se non ne capivano né il significato né il meccanismo. Ma allora cosa stava turbando in modo così evidente Lupo sordo?

Quella notte Saverio si sdraiò al suo posto accanto al fuoco con l'idea che la mattina successiva avrebbe sgomberato la masseria e mandato a casa tutti gli uomini. A quel pensiero si sentiva quasi liberato dall'enorme responsabilità che gli gravava sulle spalle, i suoi uomini cominciavano a sentire il bisogno di tornare alla loro vita abituale. Si era ormai rassegnato all'idea di una resa senza che nessun avversario gliela stesse imponendo, una situazione strana e irreale proprio come i fatti di quei giorni appena trascorsi.

Sdraiato, con il pastrano a fargli da coperta e gli occhi fissi alla volta stellata, ripensava a quanto era accaduto. Mentre ripercorreva con la mente le vicende di quei giorni insoliti e incredibili vide una figura che avanzava dal buio e si stava dirigendo verso di lui. L'uomo procedeva con passo calmo ma deciso. Non riusciva a riconoscerlo ma questo non gli creava nessun timore anzi, man mano che l'uomo gli si avvicinava, lui avvertiva un senso di calma e di tranquillità. Gli arrivò davanti. Il viso, per metà illuminato dalla luce del fuoco alla sua sinistra, gli era del tutto sconosciuto, un forestiero. Pantaloni di tela grezza, una camicia bianca chiusa sul collo fino all'ultimo bottone, panciotto abbottonato di colore né chiaro né scuro, poteva essere un grigio, con sopra una giacca dello stesso colore. Sulle spalle aveva appoggiato un mantello nero, come quello che indossavano tanti dei suoi uomini, aperto sul davanti e un berretto alla siciliana che gli pendeva leggermente dal lato buio del viso. Si trattava senza ombra di dubbio di un contadino, ne vestiva l'abito della festa, forse un compagno mandato da una delle sezioni provinciali.

<Chi sei?> chiese Saverio.

<Tu mi conosci> rispose l'uomo. La sua voce sembrava di velluto, chiara, suadente. Non mostrava alcuna inflessione dialettale.

<Sì, adesso ho come l'impressione di conoscerti. Ti ho forse incontrato in qualche manifestazione? Forse eri a Caulonia, sì, sicuramente ti ho incontrato lì>.

<Mi avresti potuto incontrare ovunque> rispose l'uomo <se solo mi avessi cercato, perché sono stato sempre con te>.

<Cosa significa questa risposta?>. Saverio incominciava ad avvertire un senso di smarrimento davanti a quell'uomo, ma

continuava a non avvertire alcun timore. <Ti chiedo nuovamente chi sei e cosa vuoi da me?>.

<Sono un contadino per i contadini, un muratore per i muratori, un senza lavoro per i disoccupati>.

<Continuo a non comprendere le tue risposte>.

<Apri gli occhi, Saverio. Tu hai paura di volgere lo sguardo dove non hai mai guardato. Io sono venuto per chiederti di lavare il tuo capo e dopo riconoscerai chi mi manda>.

<Io non ho bisogno di lavare niente. Se sei venuto qui per prendermi in giro bada che non è aria>. Saverio non capiva ma le risposte apparentemente incomprensibili dell'uomo non lo indisponevano realmente, assunse un'aria severa solo come un ruolo da giocare in quella situazione. Invece fu pervaso da una sensazione di tranquillità e pace, come un'aura che lo circondò e lo avvolse al suo interno. A un certo punto cercò di alzarsi, ma una forza misteriosa lo tenne legato al suo giaciglio.

<Tu cerchi te stesso, Saverio, ma come pensi di riuscirci se non sai dove cercare>.

<Quello che cerco è dare un futuro a questa gente, una speranza. Io non ho niente da chiedere per me. Non più ormai>.

<Ecco, vedi. Vuoi dare una speranza alla tua gente ma tu stesso non ne hai una>.

<Io ce l'ho una speranza, la speranza di un mondo dove nessuno soffra più la fame o il freddo, un mondo senza più guerre né ingiustizie. E' per questo che io combatto. E' per questo che sono qui tra questa gente a dormire sotto le stelle. Guardali, tutto quello che possiedono ce l'hanno indosso. Ma qui sembra che giri tutto storto, prima gli uomini armati dal padrone poi le stelle che iniziano a muoversi per conto loro e don Liborio che dice che siamo tutti pazzi. Gli uomini sono scoraggiati e anch'io sono stanco e avvilito. Tu sei forestiero, non sai cosa è successo qui la notte scorsa>.

<Povero Saverio. Devi sapere che quello che cerchi è il mondo così come era stato preparato per voi ma tu lo cerchi lontano da colui che ti può ascoltare. Ti ostini a negarlo, non lo riconosci neanche quando è davanti a te e ti porge la sua mano. Gli uomini sono così, cercano il paradiso sulla terra ma creano l'inferno perché non sanno dove cercare. Ora potrei anche dirti chi sono io, ma tu lo sai già>. L'uomo si girò e s'incamminò nuovamente verso il buio; la sua figura parve dissolversi come inghiottita dalla nebbia nella notte. Saverio provò a chiamarlo ma, per quanto si sforzasse di gridare, la sua voce gli si strozzò in gola e non riuscì ad emettere che un timido sussurro. Aveva il cuore che gli rullava come un tamburo ma si sentì ricaricato di una speranza nuova che, però, in quel momento non gli riusciva di comprendere. Si mise seduto e guardò i suoi uomini che dormivano. Con chi aveva parlato se davanti a sé, ora, non c'era nessuno? Dubitò anche che ci fosse mai stato qualcuno con lui e cominciò seriamente a pensare che la sua mente stesse vacillando in modo preoccupante. Dal fuoco cadde un tizzone che sollevò mille scintille urtando i carboni accesi. Si alzò a prendere altra legna e l'aggiunse alle fiamme che sfavillarono nuovamente.

La mattina seguente, mentre gli uomini si stavano svegliando senza sapere ancora cosa Saverio avesse deciso, alla masseria arrivò un'auto dal paese, ne scese un uomo che tutti conoscevano molto bene, era un compagno di partito. Paolo Forte salutò calorosamente Saverio Grassi e gli altri.

<C'è una buona notizia per voi> l'uomo sembrava euforico. Intorno a lui si riunirono tutti gli uomini incuriositi.

<Tra due settimane, il tre e il quattro dicembre, a Matera si terrà un incontro sollecitato dalle sezioni provinciali di Matera e Potenza, ci saranno tutti. L'abbiamo saputo ieri sera e stamattina sono corso ad avvertirvi>. L'euforia dell'uomo contagiò tutti tranne Saverio. Restò in silenzio per qualche minuto come

se la notizia non lo riguardasse. I suoi uomini lo guardavano aspettando una sua reazione.

<Si torna a casa. La battaglia è rimandata>. Gli sembrò una liberazione. Non aveva bisogno di giustificare una decisione che aveva già preso. Ora c'era un motivo ufficiale per tornarsene a casa. La sua reputazione era salva ma questo non gli procurava nessun conforto. Si sforzò di apparire normale ai suoi uomini ma sapeva bene di non essere più lo stesso uomo che era arrivato alla masseria Galasso qualche giorno prima. Quei tre giorni gli avevano sconvolto la vita più di quanto avessero fatto anni di battaglie e rivoluzioni. Un'inquietudine sconosciuta si era impadronita di lui e sapeva già che non ne sarebbe uscito facilmente.

6 - La tigre ferita

La fiamma della lampada a petrolio era calda, viva, pulsante. Il lungo camino di vetro trasparente trasmetteva anche calore e bruciava i piccoli polpastrelli delle dita dei bambini, attratti dal fascino della magica danza della fiamma che ardeva al suo interno. Persino i muri e i pochi mobili sparsi nella stanza sembravano animarsi al lieve abbraccio della luce saltellante che ipnotizzava gli sguardi e alleviava la stanchezza del giorno. D'inverno era sufficiente la luce del camino ad illuminare la piccola stanza dove viveva la famiglia di sette persone.

L'energia elettrica era arrivata in paese già da qualche anno ma non tutte le case si erano allacciate alla rete. Anche chi lo aveva fatto accendeva di rado la lampadina ad incandescenza perché periodicamente passava un operaio della compagnia elettrica a segnare sul suo registro dei numeri misteriosi che leggeva sulla cassetta installata a lato della porta e ,dopo di lui, arrivava il conto da pagare ed era sempre più alto di quello che si sperava.

Cataldo Dinoia, bracciante agricolo di quarantotto anni, iscritto con tessera n. 52 presso la locale camera del lavoro, aveva una moglie, Giovanna, e cinque figli. Il più grande aveva ventidue anni e l'anno prima era partito per il Nord in cerca di un lavoro meno precario e più remunerativo di quello di suo padre. L'altro figlio, il secondo di venti anni, aspettava che suo fratello trovasse quel lavoro per raggiungerlo e cercarne uno a sua volta. L'ultimo dei figli di Cataldo Dinoia, il piccolo Mario, aveva otto anni e, tra le mille difficoltà che i genitori incontravano per mandarlo a scuola, frequentava la seconda classe della scuola elementare. Maristella Ferretti, la sua maestra, era moderatamente soddisfatta di lui. Il ragazzo mostrava interesse per le materie scolastiche ma, come nella maggioranza dei suoi compagni di classe, aveva bisogno di un aiuto supplementare che non riusciva ad avere a casa. Per aiutare il ragazzo Maristella gli aveva chiesto di andarla a trovare di pomeriggio, a casa sua, per delle lezioni private. La stessa proposta era stata offerta agli altri alunni ma, come tutte le proposte che avevano a che fare con libri e quaderni, era caduta nel vuoto più assoluto. Mario invece era interessato e aveva riferito la cosa alla madre. Giovanna, preoccupata per quello che lei pensava sarebbe stato il compenso richiesto dalla maestra, in principio aveva gentilmente rifiutato l'aiuto poi, quando Maristella le aveva fatto sapere che non le sarebbe costato niente mandare il figlio a lezioni private, la donna aveva acconsentito. Il marito, invece, non era d'accordo perché, diceva, non voleva chiedere elemosina a nessuno, men che meno alla famiglia Giudice-Ferretti che, pur godendo della sua personale stima, rappresentava l'altro mondo, quello dei proprietari, dei benestanti, dei padroni. Così il piccolo Mario prendeva lezioni private gratis all'insaputa del padre.

Mario era un bambino educato anche se, come tutti i bambini che crescevano per strada e che lì imparavano le cose della vita, usava un linguaggio eccessivamente "disinvolto" oltre che, quasi completamente, espresso in forma dialettale. Maristella cercava di convincere il ragazzo ad esprimersi maggiormente in italiano, anche a casa, e a sforzarsi di evitare di usare espressioni particolarmente colorite, molto in uso nel linguaggio di strada fra amici. Prima e dopo le lezioni Mario si fermava un po' di tempo a giocare con Francesco Giudice, il figlio di Maristella, di cinque anni più piccolo di lui ma fornito di giocattoli, dote questa che permetteva a Mario di sorvolare facilmente sulla differenza di età fra loro. Di tanto in tanto si affacciava anche Anna, la sorella di Francesco, che entrava nella stanza con un atteggiamento da intellettuale distratto, fingendo disinteresse per i giochi dei due. Ne usciva subito, dopo aver accennato a un saluto a Mario. Lei lo riteneva simpatico ma eccessivamente caprone, secondo una delle sue più benevoli definizioni.

II

Il tre e il quattro dicembre 1949 Cataldo Dinoia, insieme a Saverio Grassi, era all'assise "Per la rinascita della Lucania" che si svolgeva a Matera. Insieme a loro c'erano altri quattrocento delegati provenienti da tutta la regione. C'era da concordare una linea di lotta comune. Fu spiegato molto chiaramente che le singole iniziative, se non coordinate e inserite in un programma comune, non avrebbero portato a nessun risultato. Le battaglie da affrontare erano dure.

L'allora ministro degli interni Mario Scelba, preoccupato dal possibile scoppio di una guerra civile, aveva rafforzato il corpo di polizia e adottato una linea inflessibile di repressione delle manifestazioni che aveva causato già qualche vittima. Nonostante il clima aspro e la prospettiva di nuovi scontri con la polizia le lotte per la terra riprendevano.

Nella Questura di Matera, come un po' in quelle di gran parte dell'Italia meridionale, arrivavano numerosi e dettagliati rapporti sulle manifestazioni che si stavano organizzando, ma ancor più preoccupavano le informative sulle occupazioni di terre. Sembrava che il mondo agricolo stesse esplodendo coinvolgendo altre categorie di lavoratori che ormai guardavano a contadini e braccianti come la linea avanzata, la prima trincea nella battaglia per la rivendicazione di una dignità per il lavoro e per i lavoratori.

Le profonde ferite lasciate dalla dittatura fascista, prima ancora che dalla tragedia bellica, avevano stremato la pur resistente e proverbiale pazienza dei lavoratori delle campagne. Come una tigre ferita la classe contadina reagì rabbiosamente alla prospettiva di un futuro senza speranza per sé e per i propri figli. L'unica difesa possibile da parte di uno Stato ignaro delle esigenze dei propri figli più lontani sembrò essere, in principio, quella dei fucili. Ne furono inviati molti nelle campagne siciliane, calabresi, campane, lucane e, in alcuni casi, spararono. Ma la tigre ferita non rimase uccisa, né scappò.

III

Il Questore di Matera, imprecava nel suo ufficio al secondo piano del vecchio edificio a ridosso del Sasso Caveoso.

<Si sono scatenati tutti, nello stesso momento. E da Roma mi rispondono picche. Mi mandano dodici agenti. Cosa me ne faccio di dodici agenti, me ne servono almeno cinque volte tanto. Speriamo almeno che non siano reclute, qui c'è bisogno di gente con le palle che sappia mantenere i nervi saldi>.

Insieme ai fucili servivano uomini e al Ministero degli Interni, nonostante il massiccio reclutamento dei mesi precedenti, non ne avevano più disponibili. Così alla Questura di Matera arrivarono gli ultimi arruolati, dodici reclute con un solo, frettoloso addestramento, senza alcuna esperienza in fatto di manifestazioni popolari.

<Lo avrei giurato> commentava il Questore leggendo le note di servizio degli uomini che gli avevano mandato <dodici e pure pivelli alle prime armi. Ecco> mostrò la scheda di uno di loro al commissario Limongi <Stefano Franceschi, viene dal Friuli e non ha neanche venti anni. Fino a sei mesi fa pascolava le mucche di famiglia tra le sue montagne. Come posso mandarlo a disperdere una manifestazione di duecento braccianti a Ferrandina. Se lo mangeranno vivo>.

<Possiamo metterlo in ufficio e mandare al suo posto il brigadiere Ferrone che ha più esperienza> suggerì il commissario Limongi.

<E gli altri?> replicò il Questore <Sono più o meno tutti nella stessa condizione. Ah! Questa situazione non mi piace per niente. Speriamo bene ma la vedo nera>.

I timori del questore sembravano più che fondati, addirittura profetici. La settimana successiva, infatti, si verificarono occupazioni delle terre a Ferrandina, Pisticci e Montalbano. La quasi totalità degli agenti disponibili fu impegnata nelle operazioni che seguirono le occupazioni. Con ormai gli uomini disponibili ridotti a poche unità alla questura pensarono di cambiare strategia, invece che intervenire dopo le occupazioni decisero che prevenirle sarebbe stato meno impegnativo e meno rischioso per gli agenti e per i manifestanti. Arrestare i capipopolo e tenerli sotto controllo per qualche tempo avrebbe, secondo le intenzioni e le speranze del questore, evitato manifestazioni e scontri con la popolazione. Dopo una riunione tra il Questore, il Prefetto, il Comandante provinciale dei carabinieri e un rappresentante del Ministero degli Interni si decise che quella poteva essere la strategia giusta.

Contemporaneamente anche Saverio Grassi teneva un incontro con i suoi fidi collaboratori. Ancora qualche giorno e sarebbero scesi in campo anche loro. Per motivi di sicurezza si decise di non rendere noti i terreni da occupare ma gli uomini erano tutti mobilitati e pronti all'azione.

L'agente Stefano Franceschi si stava lentamente ambientando alla sua nuova sede. Era impegnato in compiti di ufficio e questo un po' lo rammaricava. A quasi tutti i suoi colleghi erano stati affidati compiti operativi mentre a lui era stata assegnata la gestione delle comunicazioni tra i vari comandi impegnati e gli agenti sul campo. La sua esuberanza giovanile ne veniva mortificata vedendo colleghi più anziani, anche di molto, impegnati in azioni operative mentre lui doveva rispondere a telefoni, cablogrammi, comunicazioni di servizio varie. Quando si era arruolato sognava di compiere azioni eroiche con cerimonie di consegna di medaglie e attestati al merito. Il meglio che si poteva attendere in quella situazione era una pacca sulle spalle da parte del suo superiore. Gli onori e la gloria sembravano lontani. Una sera vide una decina circa dei suoi colleghi rientrare in Questura e pronti a ripartire per una nuova operazione. Il brigadiere Lapenta lo chiamò in disparte, lo fece accomodare su una sedia nell'ufficio del commissario e gli offrì una sigaretta.

<Franceschi, sai guidare una motocicletta?>.

<Sì, brigadiere. Mio padre ha una Ducati 60 del 46 e io la guido da quando avevo sedici anni…>.

<Beh! Quella è piuttosto piccola> intervenne il brigadiere <abbiamo appena ricevuto in dotazione il Falcone 500 della Guzzi, tutta un'altra moto. Pensi di poterla guidare?>.

<Certamente brigadiere, la conosco. Stavo per dire che ho fatto un addestramento su quella moto sei mesi fa, subito dopo l'arruolamento. Si guida che è un piacere>.

<Bene Franceschi, comunque stanotte ho bisogno di te. Il commissario ci ha affidato un incarico piuttosto delicato e abbiamo bisogno di tutti gli uomini a disposizione. Dobbiamo eseguire una serie di arresti in un paese qua vicino, te la senti?>.

<Certo brigadiere. Sono sei mesi che aspetto questo momento e non vedo l'ora di entrare in azione>.

A quelle parole il brigadiere rimuginò qualcosa che non volle esternare al giovane agente. Si ricordò di essere stato una giovane recluta anche lui e la risposta che aveva dato al suo superiore, quando gli aveva affidato la prima missione operativa, era stata esattamente quella. La disillusione per quel lavoro importante, ma a volte difficile da svolgere, era intervenuta negli anni successivi. Ordini duri da eseguire, ma ancor più duri da impartire, gli avevano provocato, nel corso degli ultimi anni, un senso di disgusto difficile da smaltire. Da recluta aveva immaginato di dar battaglia a ladri, assassini e contrabbandieri ma, da quando era stato trasferito alla Questura di Matera, si era trovato a combattere contadini, lui che veniva da una famiglia di braccianti in cui i sei figli mangiavano una volta al giorno, e non sempre, mentre la madre fingeva di essere sazia e divideva il suo piatto in quello dei figli. Quando ormai grande aveva capito il meraviglioso inganno si era domandato cosa avesse sorretto per tanti anni quel fisico minuto e asciutto da sembrare di legno; bietole e cicorie selvatiche sembravano darle un'energia della quale lui non aveva mai dubitato fino ad allora.

Nel piccolo paese in provincia di Potenza, dove era nato, le donne erano quasi tutte così minute e asciutte, tutte tranne la moglie del vecchio barone Armogesto che tutti chiamavano col nome di battesimo perché era talmente strano e inusuale da far dimenticare il cognome. Bella rossa e rotonda come una mela matura, la baronessa suscitava l'ammirazione dei suoi compaesani e gli era rimasta impressa nella memoria anche quando era andato via dal paese.

IV

Il brigadiere Lapenta aveva deciso di affiancare la giovane recluta in quella operazione che non gli sembrava per niente semplice. Lui era motociclista e, normalmente, faceva coppia con un suo collega che nei giorni precedenti era stato ferito durante un'azione. Non c'erano altri agenti motociclisti e gli era stato affidato Franceschi che risultava essere l'unico addestrato alla guida delle nuove motociclette.

Quella notte gli uomini erano nervosi e stanchi perché erano stati in servizio ininterrotto da due giorni. Dopo l'operazione avrebbero riposato per qualche ora. Stavano studiando la mappa del paese per arrivare senza difficoltà alle abitazioni degli uomini che dovevano arrestare. Prepararono con cura i percorsi e la sequenza delle azioni. Erano cinque gli arresti da eseguire, dieci agenti erano pochi ma dovevano bastare. Tre avrebbero occupato il camioncino sul quale trasportare gli arrestati, cinque avrebbero viaggiato sulla camionetta fuoristrada e due motociclisti che al ritorno avrebbero fatto da apripista.

Alle due di un freddo mattino di dicembre la missione scattò con le operazioni preliminari. Alcuni operai della compagnia elettrica erano stati precettati perché avevano il compito di sospendere l'erogazione dell'energia elettrica al paese. Alle tre gli agenti arrivarono nel paese cercando di fare meno rumore possibile ma le marmitte dei loro mezzi urlavano infischiandosene delle preoccupazioni dei loro conducenti. Qualche minuto prima i lampioni del corso si erano spenti, così pure le lampade sospese nelle stradine dell'antico rione della Torre. Il buio totale si insinuò nei vicoli angusti e nelle stradine tortuose del paese. Qualche anziano già sveglio per abitudine, o per insonnia senile, non se ne meravigliò per niente. Specie d'inverno la corrente elettrica andava via spesso e non veniva ripristinata prima di qualche giorno. Ma quel rumore di motori che proveniva dalla strada non era normale. Qualcuno ripensò al periodo fascista quando di notte ti arrivavano in casa e ti portavano via in mutande senza porre né rispondere a domande, solo urla e grida incomprensibili che incutevano terrore perché piombavano terribili sui sogni innocenti dei bambini e sulle quieti notti dei faticatori. Anche in tempo di guerra si erano sentiti qualche volta movimenti notturni di mezzi e si pregava che stessero uscendo piuttosto che arrivando in paese. Si riusciva a distinguere nettamente la differenza tra il boato dei potenti motori tedeschi rispetto al gracchiante e quasi pietoso sbuffo degli automezzi militari italiani. Quando a prevalere erano i primi non era mai un buon segno. Ma quella notte i fascisti non c'erano più e neanche c'era la guerra, o almeno così si sperava. Quei rumori di notte non sono mai una cosa buona.

Il camioncino della polizia si fermò in fondo al corso, oltre non poteva proseguire perché le strade erano troppo strette. La camionetta e le due motociclette si addentrarono tra le strade del vecchio rione e iniziarono le irruzioni nelle abitazioni. Gli agenti seguivano le procedure e il regolamento entrando armati nelle piccole abitazioni, pur sapendo che di fronte non trovavano dei delinquenti, ma non avevano scelta. Cominciarono a sentirsi le prime urla delle donne, seguivano le imprecazioni degli uomini e, inevitabili, i pianti dei bambini. I primi due uomini furono accompagnati alla camionetta mentre gli altri agenti irruppero nella casa di Saverio Grassi. Fu fatto vestire in tutta fretta e accompagnato anche lui al camioncino. Il quarto arresto riguardò una donna, Camilla Torresi, bracciante agricola e vedova di un attivista politico deceduto due anni prima. La donna aveva preso il posto del marito all'interno della camera del lavoro e si era dimostrata subito una delle più irriducibili e battagliere figure della locale sezione. Nel 43 aveva partecipato alla battaglia che aveva scacciato fascisti e nazisti dal paese e davanti al suo coraggio si erano inchinati molti uomini. Una vicina di casa si occupò di tenere i due figli piccoli spaventati e in lacrime. L'ultimo arresto riguardava Cataldo Dinoia. L'uomo, sentito il trambusto, intuì quello che stava accadendo e riuscì a scappare prima dell'arrivo degli agenti. Il camioncino della polizia, con i quattro arrestati e qualche agente di scorta, si spostò fuori dalla porta del paese e attese che l'operazione si concludesse. Sette agenti, con camionetta e motociclette, continuarono la ricerca del fuggitivo mentre un primo gruppo di uomini e donne cominciò a radunarsi per il corso manifestando contro quello che stava accadendo in paese. L'agente Franceschi e il brigadiere Lapenta giravano in motocicletta alla ricerca di Cataldo Dinoia del quale, tra l'altro, non ne conoscevano l'aspetto. Le motociclette sobbalzavano violentemente sui ciottoli sferici delle stradine rese viscide dall'umidità della notte. Nell'imboccare una curva che introduceva in una piazzetta all'interno del rione Torre, la Falcone 500 del brigadiere Lapenta scivolò e l'agente si ritrovò per terra mentre la motocicletta finì nel mezzo di una piccola folla radunata nella piazzetta. Gli uomini riuscirono a scansare il mezzo che arrivava su di loro e accennarono a una reazione nei confronti dei due poliziotti. Lapenta cercò il mitra in dotazione e si accorse che questo si era sganciato dalla cinghia che portava a tracolla durante la caduta. Riuscì a recuperare l'arma, caduta a poca distanza da lui, e sembrò che la stesse imbracciando. Il faro della motocicletta di Franceschi, fermatosi per la caduta del collega, illuminò la piccola folla che avanzava verso di loro. Imbracciò anche lui la sua arma mentre le sue mani tremavano per la paura e l'agitazione. Nel vedere il gesto del giovane il brigadiere Lapenta urlò un "Nooo..." che riempì l'aria e rimbombò tra le case e i vicoli fino a quando non fu interrotto da una scarica di mitra breve ma tremenda. La piccola folla si dileguò ai colpi dell'arma, scapparono via tutti tranne due uomini riversi sul ciottolato, in larghi tratti, sporco di sangue. Il brigadiere si piombò sui due uomini per terra per verificarne le condizioni mentre il giovane agente era immobile come in catalessi, guardava il fascio di luce che illuminava i due corpi, il mitra gli cadde di mano come fosse di peso insostenibile. I due uomini erano ancora vivi benché seriamente feriti. Contemporaneamente arrivò la camionetta con gli altri agenti che avevano udito gli spari e si erano precipitati sul posto. Gli agenti presero i due feriti e li caricarono sulla camionetta. Il brigadiere fece salire sul mezzo anche Franceschi che sembrava paralizzato e recuperò la sua moto e l'arma mentre uno degli agenti inforcò l'altra moto. Gli agenti si muovevano come se fossero stati addestrati a quei movimenti da sempre, senza parlare, solo agire, ognuno sapeva perfettamente cosa fare. I poliziotti imboccarono quasi subito il corso e, a sirene spiegate, si avviarono sulla strada per Matera dove li aspettava il camioncino. Per strada gli agenti cercarono di prestare le prime cure ai feriti ma uno di essi giunse senza vita in ospedale.

V

Prima che le luci dell'alba rischiarassero completamente la tragica piazzetta, decine di uomini e donne la invasero con le lampare a petrolio. Cercavano indizi più precisi su quanto era accaduto. Si sapeva solo della sparatoria e di quel che ne restava, due chiazze di sangue sul ciottolato. Presumibilmente le persone colpite erano due ma nessuno sapeva chi fossero né se erano ancora vive. Si cominciò a fare una sorta di appello ma non era possibile risalire a chi c'era mezz'ora prima in quella piazzetta, c'era buio pesto e tanta confusione. Le prime luci del mattino iniziarono ad illuminare la scena senza portare ulteriori contributi alla soluzione del caso ma ormai il paese era mobilitato. Un folto corteo si incanalò lungo il corso e si diresse verso Piazza Roma. Ad attendere il corteo, sul sagrato della chiesa di San Rocco, c'era Francesco Solari, uno dei pochi Sindaci comunisti della regione. La folla gli si accalcò intorno aspettando rivelazioni sui fatti della notte. Il Sindaco non poteva riferire nulla perché nulla sapeva. Prima che il Sindaco iniziasse a parlare, dall'imbocco del corso sulla piazza, vide una donna con scialle nero e fazzoletto intorno alla testa che interrogava i presenti:

<Avete visto mio marito? Avete visto Antonio? Dov’è Antonio?>. La donna continuava a chiedere di suo marito alle persone sulla piazza. Nessuno sapeva risponderle. Riconosciutala, il Sindaco la chiamò sul sagrato della chiesa.

<Qualcuno ha visto Antonio Lacapra?> urlò il Sindaco alla piazza. La gente si guardò intorno cercando l’uomo. Antonio Lacapra non rispose e nessuno era in grado di indicarlo né di dire dove fosse. La donna iniziò a piangere e a disperarsi. Il Sindaco cercò di tranquillizzarla.

<Se non è qui non vuol dire niente> le disse mettendole una mano sulla spalla.

<E allora dov’è mio marito? Dov’è Antonio?> chiese la donna <A casa non c’è. E’ uscito stanotte quando è arrivata la polizia e non è più tornato. Aveva detto che rientrava dopo avere scoperto cosa stesse succedendo. Se non è qui dove può essere?>. La sua angoscia stava contagiando l’intera piazza. Il dubbio che Antonio Lacapra potesse essere uno dei colpiti si stava insinuando nelle menti sconvolte degli uomini e delle donne radunate nella piazza. Forse cominciavano a delinearsi i contorni della vicenda. Il Sindaco urlò alla folla che si sarebbe immediatamente recato al comune e avrebbe chiamato la Prefettura per chiedere spiegazioni dell’accaduto e dettagli sui feriti. Scese le scale del sagrato e attraversò la folla che si aprì al suo passaggio. Arrivato al suo ufficio al comune chiamò la Prefettura di Matera. Gli rispose un agente che, data l’ora, non era ancora arrivato nessuno. In realtà il Prefetto era stato avvisato di quanto accaduto e si stava recando in ufficio dove lo attendeva il Questore per metterlo al corrente della situazione. Appena arrivato il Prefetto fu avvisato, dall’agente, che aveva chiamato il sindaco Solari. Il Prefetto annuì con un gesto della testa e pensò: “Ecco, iniziano i casini”. Il Questore lo stava aspettando con il commissario Limongi, entrarono nell’ufficio.

<Allora, che casino avete combinato stanotte?> chiese senza preamboli il Prefetto.

<C’è stato un incidente> rispose il Questore <cose che possono capitare con gli uomini che non riposano da dieci giorni>.

<Che ci sia stato un incidente l’ho capito ma voglio i dettagli> chiese bruscamente il Prefetto.

<Durante l’operazione il brigadiere Lapenta è caduto con la moto e il suo collega, una delle reclute che mi sono arrivate due settimane fa, ha perso la testa e ha sparato tra la folla. Gli è sembrato di notare un atteggiamento ostile degli uomini e ha pensato che stessero per aggredire lui e il collega>.

<Innanzitutto qual è il bilancio della sparatoria?>.

<Un morto e un ferito piuttosto grave ma i medici hanno detto che ce la farà>.

<Conosciamo le loro generalità?> chiese il Prefetto.

<No eccellenza. Non avevano documenti indosso>.

<Allora bisognerà chiamare il maresciallo dei carabinieri lì al paese. Lui certamente li conosce>. Il Prefetto prese il telefono, chiamò la caserma dei carabinieri e convocò immediatamente il maresciallo. Dopo pochi minuti bussarono alla porta dell’ufficio, il piantone veniva ad annunciargli che c’era il sindaco Solari con un po’ di uomini a chiedergli un incontro. Il Prefetto scosse la testa con aria molto tesa, disse al piantone di fare aspettare il Sindaco e che avrebbe ricevuto solo lui, gli uomini che lo accompagnavano dovevano aspettare fuori dall’edificio. Si rivolse al Questore e al commissario e disse loro di tornare in Questura, era meglio che non incontrassero il Sindaco. Chiamò nuovamente il piantone e gli disse di far passare il Questore e il commissario attraverso i locali della rimessa per non farli incrociare con il Sindaco e i suoi uomini. Dopo avrebbe fatto entrare il sindaco Solari.

Francesco Solari entrò nell’ufficio del Prefetto con una certa irruenza.

<Signor Sindaco> disse il Prefetto <so quello che è successo nel suo comune e me ne dispiace ma questo non la autorizza ad entrare in questo ufficio come non farebbe neanche a casa sua. La prego di mantenere la calma e il dovuto rispetto per le istituzioni>. Solari si calmò.

<Eccellenza mi scuso ma quello che è successo stanotte è inaudito. Esigo spiegazioni sugli arresti effettuati e sull'esito della sparatoria. Ci sono mogli e figli che non sanno cosa è successo ai loro cari>.

<Signor Sindaco. A questo punto della vicenda è assolutamente indispensabile la sua totale, assoluta collaborazione. L'ultima cosa che ci serve in questo momento è una sommossa popolare contro le istituzioni. Noi faremo la nostra parte per far luce sull'accaduto ma faccio appello al suo senso di responsabilità per quietare gli animi. Entrambi rappresentiamo importanti istituzioni e, conoscendola, so di poter fare affidamento sulla sua collaborazione. Sapete chi sono gli uomini colpiti?> chiese il Prefetto.

<Uno forse sappiamo chi è ma dell'altro non sappiamo niente>.

<Purtroppo uno dei due è deceduto> rispose addolorato il Prefetto <L'altro è ferito ma non è in pericolo di vita.>. Solari restò visibilmente colpito dalla rivelazione del Prefetto. Conosceva molto bene Antonio Lacapra e, se il deceduto fosse lui, avrebbe lasciato la moglie e quattro figli. Non sapeva se sperare che il sopravvissuto fosse Antonio o l'altro. Ma l'altro chi? Forse l'altro poteva essere anche un suo amico più vicino o un conoscente. Ma nessuno ne aveva denunciato la scomparsa. A quel punto sperava che potesse trattarsi di un forestiero ma era molto improbabile, come poteva capitarci un forestiero in giro tra i suoi concittadini a quell'ora della notte durante un'operazione della polizia. Anche se moralmente non giusti-

ficava quella sua speranza ciò nonostante non riusciva a non accarezzarla. La voce del Prefetto lo riportò nell'ufficio:

<Quanto all'operazione che si è svolta stanotte deve sapere, signor Sindaco, che quegli uomini che abbiamo arrestato domani mattina avrebbero guidato l'occupazione dei terreni demaniali e credo che lei ne fosse a conoscenza anche se non lo ammetterà mai>.

<Io non ne so niente e vorrei sapere a voi chi lo ha detto che domani avrebbero effettuato un'occupazione?>.

<E' il nostro lavoro, Sindaco. Lo sapevamo con certezza assoluta. Comunque credo che ora faremmo meglio a cercare di dare un'identità a quei poveri disgraziati. Non crede?>.

<Sì. Credo che lei abbia ragione, ma cosa succederà ora ai tre uomini e alla donna che avete arrestato?>.

<Non lo so. Ci penserà il giudice ma occupiamoci di una questione per volta. Comunque ora la porterò con me in ospedale, verrà solo lei. I suoi uomini è meglio che non vengano con noi>. Francesco Solari annuì, si affacciò dal portone dell'edificio e si rivolse ai suoi uomini:

<E' meglio che voi aspettiate qui. Andrò io in ospedale a vedere i nostri uomini>. Per tenere calmi gli animi aveva ritenuto di non dire niente del morto. Quello non era né il momento né il luogo per far scoppiare disordini, sarebbe bastata solo una scintilla per incendiare gli animi, già oltremodo surriscaldati, dei suoi concittadini.

VI

L'auto ci mise poco a raggiungere l'ospedale, Solari e il Prefetto furono accolti da un agente che vi svolgeva servizio.

<Da dove vogliamo iniziare> chiese il Prefetto <dalla stanza del ferito o dall'obitorio?>.

"Che parola terribile" pensò Solari "Obitorio". Evoca drammi e dolore immane, la fine di speranze e di preghiere non ascoltate. Un posto orribile, freddo e disperato, lui c'era già stato. Aveva pregato di non ritornarci e invece quella mattina di dicembre, poco prima di Natale, lui era di nuovo lì ad effettuare il riconoscimento di qualcuno che forse, lui sperava, non conosceva. L'unica speranza rimasta in quella fredda mattina era poter dire "Signor Prefetto, non lo conosco". Ma immaginò che anche quello sconosciuto poteva avere da qualche parte qualcuno che lo avrebbe pianto. Avvertì un'insopportabile sensazione di schifo. Schifo per quella morte inutile, per tutte le morti inutili. Schifo per le guerre che si stavano combattendo tra figli del popolo come se una guerra mondiale, conclusasi da appena qualche anno, non fosse bastata a svuotare l'animo umano dall'inaccettabile eccesso di violenza che conteneva. Schifo per se stesso perché voleva qualcun altro su quel gelido tavolo di marmo.

<Signor Sindaco, da dove vuole iniziare?> domandò nuovamente il Prefetto.

<Dal ferito> rispose Solari. L'agente guidò i due per una scalinata che portava al secondo piano e percorsero uno squallido corridoio grigio. Solari pensò che dei colori più vivaci e allegri sui muri avrebbero animato maggiormente le speranze dei malati e dei loro famigliari. Invece quel grigio opprimeva, nella scala dei colori conduceva inesorabilmente al nero. Si ritrovò in una stanza poco illuminata dalla finestra parzialmente coperta da una tenda. Il primo impulso fu quello di aprire completamente la tenda e lasciare entrare la luce del sole ma la vista dell'uomo sul letto, attaccato a tubi che non riusciva a capire se entravano o uscivano dalle braccia scarne ma robuste dell'uomo, allertò i suoi sensi. L'uomo apparentemente dormiva, il medico gli spiegò che era in coma farmacologico e che si sarebbe ripreso. Con qualche difficoltà riconobbe il viso e so-

spirò per il sollievo. Antonio Lacapra era in coma ma era vivo e si sarebbe ripreso. Tornò fuori dalla stanza, ora poteva tranquillizzare una moglie.

<E' l'uomo che pensavamo> disse al Prefetto <Antonio Lacapra. Ha moglie e quattro figli>.

<Adesso pensiamo all'altro> disse il Prefetto <Non ha proprio idea di chi possa essere?>.

<Proprio nessuna idea> rispose il Sindaco <spero solo che non lasci troppi famigliari a piangerlo>.

I tre fecero la strada a ritroso e, arrivati al pian terreno si diressero attraverso un corridoio buio senza finestre, a malapena illuminato da poche tristi lampadine spoglie. Il foglio di carta precariamente attaccato alla porta con pezzi di cerotto non lasciava dubbi sulla stanza cui dava accesso: "Camera mortuaria". Rabbrividirono tutti e tre. Entrarono Solari e il Prefetto, l'agente preferì aspettare nel corridoio. Due minuscole finestre ricavate sulla parte superiore del muro lasciavano filtrare un po' di luce attraverso vetri sporchi. Qualcuno doveva aver pensato che in quella camera la luce non fosse necessaria. Solari cercò l'interruttore sul muro. Si accesero due lampadine che non aggiungevano un granché alla scarsa luce solare. Nella sala c'erano due tavoli di marmo con delle sinistre canaline di scolo sui lati. Su uno dei tavoli c'era il corpo di un uomo ricoperto da un telo anch'esso triste e grigio. Solari si avvicinò al tavolo mentre il Prefetto si fermò alla porta. Il cuore cominciò a battergli come il tamburo che dava il ritmo ai rematori sulle galee veneziane. Il Sindaco si girò verso il Prefetto pensando che questi riuscisse ad ascoltare quel tambureggiare apprensivo. Il Prefetto fece un piccolo cenno con la testa ad incoraggiarlo. Solari provò ad alzare il braccio per sollevare il telo. Si sforzò e lentamente scoprì il volto dell'uomo sul marmo. La scarsa luce nella stanza non riuscì a nascondere il pallore che apparve sul volto del Sindaco e che lasciava trasparire un dolore improvviso. Fece un passo indietro come colto da spavento e si fermò per qualche interminabile istante a fissare quel volto apparso tragicamente dai suoi ricordi più cari. Si girò e con le lacrime agli occhi si diresse verso la porta dove ad attenderlo c'era il Prefetto.

<E' mio cugino>. Il Prefetto sembrò particolarmente sorpreso dalle parole del Sindaco, gli appoggiò la mano sulla spalla.

<Mi dispiace davvero>.

<Cataldo Dinoia era mio cugino. Avevamo la stessa età. Siamo cresciuti insieme, più che fratelli. Sempre insieme>.

VII

La piccola porta della casa era aperta nonostante il freddo di dicembre. Una vicina provava ad accendere il fuoco nel caminetto ma ad ogni folata di vento la piccola fiamma si spegneva. C'era bisogno di un po' di paglia sotto i sarmenti per potervi appiccare il fuoco. La donna andò a prenderne dalla sua stalla.

Giovanna era consumata dallo strazio. Sedeva su una seggiola di fianco al letto matrimoniale, rivolta verso suo marito. Il vestito della festa gli andava proprio bene, lo faceva sembrare ancora un bell'uomo. Non fosse stato che per il colorito gelido del viso e delle mani poteva sembrare che stesse dormendo. Lo guardava come spesso lo aveva guardato di notte mentre riposava, il suo uomo. Si aspettava quasi che, a un certo punto, potesse girarsi nella ricerca di una posizione più comoda. Di tanto in tanto lo chiamava anche se non si aspettava che avrebbe risposto a quelle struggenti invocazioni.

Giovanna non aveva fatto fatica a trovare per sé un vestito nero. Nel suo armadio, come in quello delle donne del paese, un vestito nero da lutto non mancava mai. Già da bambine avevano sempre qualcuno cui portare il lutto: un genitore, un nonno, un fratellino, un cugino. Almeno per cinque anni, sempre che nel frattempo non intervenisse un nuovo decesso dal quale far decorrere nuovamente il quinquennio.

La gelida tramontana entrava nella mesta abitazione, raccoglieva i lamenti della povera donna e li trasportava fino alla piccola piazzetta dove era caduto suo marito. All'ascoltare quei pianti i passanti si segnavano con il segno della croce.

Quella tragica notte Giovanna non aveva cercato suo marito perché sapeva che era fuggito alla polizia e, probabilmente, era andato a nascondersi in qualche posto fuori dal paese. Non immaginava minimamente che uno dei due disgraziati fosse il suo Cataldo, lei lo riteneva al sicuro. Quando le fu comunicata la tragica notizia lei non ci credeva, "il mio Cataldo è al sicuro" ripeteva "vi siete sbagliati. Quell'uomo non può essere mio marito". Ma il cuore le doleva insopportabilmente, quasi percepisse la morte più e prima della ragione. Si rifiutava di credere anche quando le portarono suo marito su una squallida lettiga. Piangeva e ripeteva: "Non è il mio Cataldo, lui ritornerà appena la polizia se ne sarà andata", nel frattempo gli cercava nell'armadio il vestito nuovo fatto preparare per la festa di San Rocco. Aveva combattuto più di un anno per convincere il marito a farsi un nuovo vestito perché il vecchio aveva più di vent'anni, era quello del matrimonio. Lei stessa aveva scelto con cura il tessuto, non troppo leggero perché doveva andare bene anche per Natale e Natale era quasi arrivato. Ricordò con orrore quella sua fatale premonizione.

Arrivarono due uomini con la bandiera rossa del partito, uno di loro provò ad appoggiarla sulla salma ma la donna, alzandosi con rabbia dalla seggiola, gliela strappò di mano e la buttò sul pavimento.

<Porta via quella maledetta bandiera> urlò all'uomo <è per colpa sua che mio marito è morto>.

<Giovanna, non fare così> Francesco Solari, il cugino di suo marito, cercava di darle conforto <Cataldo non è morto per una bandiera. E' morto combattendo nel tentativo di dare un futuro ai suoi figli e ai tanti figli di questo sfortunato paese>. Giovanna scuoteva la testa. In quel momento non riusciva a guardare oltre il dramma in cui era precipitata la sua casa, aveva un marito da piangere e voleva farlo senza bandiere. Aveva anche dei figli da far crescere e non sapeva come riuscirci.

<E adesso chi lo darà il futuro ai miei figli?> chiese con uno sguardo disperato. I suoi occhi imploravano una speranza. Sapeva di non poter ottenere risposte definitive, solo una speranza chiedeva.

<Non ti abbandoneremo> gli rispose il cugino <gli volevo un bene dell'anima>.

<Anche lui te ne voleva. Era fiero di te. Non faceva altro che ricordare quante ne avevate fatte insieme da ragazzini. "Sono il cugino del Sindaco", diceva>. Il volto di Giovanna sembrò per un attimo accennare a un fugace, struggente sorriso. Francesco le strinse forte la mano.

<Dov'è Mario?> chiese a Giovanna.

<E' a casa del dottor Giudice> rispose <Donna Maristella è venuto a prenderlo ieri mattina. Mi ha chiesto di farlo stare a casa sua per qualche giorno, almeno fino a dopo il funerale. Donna Maristella è una buona donna>.

Giovanna ritornò al suo dolore, sistemò con la mano un ciuffo di capelli, sul volto del marito, che la tramontana aveva scompigliato.

<Ho chiesto a don Liborio di fargli un funerale da cristiani>.

<Faremo come vuoi tu> le rispose il cugino.

Nel mese di ottobre del 1950 il Parlamento nazionale, dopo oltre cinque anni di battaglie nelle campagne con morti e feriti e con la classe contadina ormai sull'orlo di una rivoluzione, approvò la "Legge Stralcio" che dava inizio alla "Riforma Fondiaria". In Basilicata furono espropriati circa 60.000 ettari di terreni ai grandi latifondi e assegnati ai contadini che non avevano mai posseduto terreni e ai piccolissimi proprietari.

Le aziende modello, con un elevato grado di organizzazione produttiva, e dotate di un'importante componente zootecnica non furono toccate dagli espropri.

7 - Ombre nella notte

Saverio Grassi e gli altri fermati durante la sciagurata operazione di polizia furono rilasciati qualche giorno prima di Natale, ma pochi in paese avevano voglia di festeggiare. Luigino Giudice con alcuni avvocati del paese e l'Amministrazione Comunale si erano molto adoperati per ottenere la loro liberazione, il paese era già molto provato da quanto accaduto, ulteriori sofferenze sembravano eccessive.

Maristella e suo marito Luigino decisero di occuparsi del piccolo Mario Dinoia, si sarebbero fatti carico dei suoi studi dato che il ragazzo sembrava fosse intenzionato in tal senso.

Un giorno Mario Dinoia sarebbe diventato un bravo veterinario e avrebbe iniziato la sua carriera nello studio di Luigino Giudice, suo suocero.

Il mese di gennaio del 1950 portò temperature rigide come da molti anni non se ne avvertivano. Da giorni ormai il paese era sferzato da un vento da Nord Ovest che prometteva neve ma portò solo gelo. I contadini lo chiamavano *scorciacapre* perché lo ritenevano talmente gelido e tagliente da riuscire a scuoiare perfino il manto folto e lanoso di pecore e capre.

Durante la notte il forte vento si insinuava tra le stradine della Torre e scorreva inarrestabile schiaffeggiando ripetutamente le persiane mal chiuse delle finestre facendole sbattere violentemente.

Minguccio "il barese" era a letto e bestemmiava come un indiavolato perché, appena prendeva sonno, quella maledetta persiana cominciava a sbattere ora sul muro ora sul telaio della finestra. Come se non bastasse il vento anche la torre dell'orologio ogni quindici minuti batteva l'ora, l'ultima volta aveva battuto le due e mezzo di una lunga notte di gennaio. Minguccio si era già alzato una volta a cercare di fermare l'imposta ma il vento, come un bambino dispettoso, aveva sganciato il precario fissaggio e aveva ripreso a sventolare la persiana come una bandiera. Imprecando contro il vento e contro tutte le divinità che gli venivano in mente in quel momento si alzò nuovamente e andò a recuperare un pezzo di spago da un tiretto della cucina con l'intenzione di legare saldamente l'infisso. La mattina dopo avrebbe riparato la persiana o l'avrebbe inchiodata definitivamente. Al buio sbatté violentemente il piede scalzo contro uno delle tre robuste gambe di un vecchio sgabello lasciato incautamente fuori posto la sera prima. La lista delle divinità precedentemente interpellate si arricchì di una lunga serie di nuovi nomi in impronunciabili imprecazioni, in stretto dialetto barese, che riuscirono a svegliare anche la moglie, fin lì non disturbata dai rumori della persiana.

<Ah! Le bestemmie le hai sentite ma la persiana no?> disse l'uomo prendendosela con la moglie a causa della capacità, a suo dire tutta femminile, di riuscire a dormire anche fra le campane della chiesa madre e avvicinandosi alla finestra saltellando su un solo piede. <Come diavolo fai a dormire con tutto questo casino. Io non ho chiuso occhio da quando sono venuto a letto>.

Non aveva ancora esaurito la lista dei santi scomodati nelle sue precedenti imprecazioni quando, a circa un metro dalla finestra, si fermò come folgorato. Riuscì a restare fermo su un solo piede per diversi minuti senza fiatare e senza perdere l'equilibrio. Quello che aveva intravisto avvicinandosi alla finestra lo aveva letteralmente paralizzato, quasi impietrito. Dalla strada saliva un rumore cupo di zoccoli che sembravano martellate sul selciato. Un improvviso senso di terrore lo tenne inchiodato impedendogli di arrivare alla persiana. La moglie, non udendo ulteriori imprecazioni, sollevò la testa dal cuscino e lo vide immobile con un piede sollevato e lo spago in mano.

<Che accidente ti ha preso? Hai visto il diavolo che ti viene a pigliare?>

<Zitta, maledetta, non senti niente?>.
<Sento solo il vento e le tue bestemmie>.
<No! Zitta, ascolta. … non senti una voce?>.
<A me sembra il vento. Ma che ti prende?>.
<E' una voce, sta chiamando qualcuno>.
<Tu devi essere impazzito o ubriaco. Lega quella maledetta persiana e vieni a letto se no ti prendi pure un accidente>.
L'uomo lasciò cadere lo spago e tornò a letto senza sistemare la finestra e dimenticando il piede indolenzito.
<Ho visto la testa enorme e completamente nera di un cavallo che passava davanti alla finestra> disse l'uomo.
<Tu sei pazzo> le rispose la moglie <chi vuoi che vada in giro a quest'ora con questo tempo. Mettiti a dormire e lascia dormire anche me che tra poco è giorno>.
L'uomo non riuscì a prendere sonno per tutta la notte. Quella testa smisurata lui l'aveva vista davvero e aveva anche sentito gli zoccoli che battevano pesantemente sul selciato. E poi aveva sentito quella voce cupa e lugubre che chiamava, solo a ricordarla gli venivano i brividi. Si tirò su la coperta e cercò di dormire ma la persiana aveva ripreso a sbattere e lui non aveva nessuna intenzione di avvicinarsi alla finestra ma non fu quella che lo tenne sveglio tutta la notte.

II

La fredda mattina di gennaio vide poca gente in giro per le strade del paese. Il vento gelido soffiava impetuoso e srotolava i pesanti mantelli a ruota nei quali si avvolgevano i pochi uomini per la strada. Qualcuno rincorreva la propria coppola che rotolava e svolazzava come manovrata da uno spiritello maligno; più di un copricapo finì oltre il muretto in pietra che delimitava la strada, ormai irrecuperabile e inseguito dalle imprecazioni dei proprietari.

I contadini erano a casa o si riunivano nelle botteghe degli artieri.

Le botteghe di sarti, barbieri e calzolai erano il rifugio degli uomini nelle giornate di maltempo. Lì ci si aggiornava e si commentavano i fatti del paese. Ci si avventurava in previsioni del tempo e sul raccolto, sul prezzo del grano e sulla resa in olio delle olive. Si commentava l'operato, buono o mediocre, dell'ultimo comitato per le feste patronali. Si rievocavano altri inverni passati altrettanto freddi e si litigava sull'anno preciso in cui si erano verificati, in tal modo le nascite, i lutti, i matrimoni, perfino i terremoti diventavano termini di riferimento per la memoria. Tra una barba e una sfumatura alta si snocciolavano e si radiografavano disgrazie e fortune, storie di corna e malattie, si costruivano e analizzavano genealogie e matrimoni. Ma, soprattutto, le botteghe degli artieri erano vere e proprie fucine di soprannomi. Qui nascevano gli epiteti che avrebbero marchiato a fuoco i destinatari e le loro future generazioni, a volte come unico e inequivocabile segno di riconoscimento. Tutti accettavano, chi con rassegnazione altri con orgoglio, il proprio soprannome come appendice ineluttabile al proprio destino. Ribellarsi sarebbe stato, oltre che inutile, anche controproducente perché avrebbe inevitabilmente trasformato un semplice appellativo in uno sfottò, con il rischio di vederselo rivolgere anche dai bambini. Così una caratteristica fisica, una mania, il luogo di provenienza o il lavoro svolto si sostituivano al cognome e identificavano senza possibilità d'errore il destinatario e la propria famiglia.

La bottega di Nicola "u merican" era sicuramente la più affollata, tra quelle disposte in fila nel corso del paese, perché era dotata di una stufa in ghisa dove il barbiere riscaldava gli asciugamani che poi applicava sul viso dei clienti dopo la rasatura. Aveva portato questa pratica, unica nel paese, dall'America dove aveva lavorato per diversi anni in un *barber shop*, come aveva fatto scrivere in bella grafia sull'insegna posta al di sopra della vetrina d'ingresso. La sua bottega era la più calda del paese poiché la stufa, oltre a riscaldare gli asciugamani, irradiava un gradevolissimo tepore del quale approfittavano volentieri i suoi ospiti nelle fredde giornate invernali. Per il buon Nicola il problema era rappresentato dal fatto che, oltre che dei suoi pochi clienti, il locale si affollava anche di uomini che cercavano solo un posto caldo dove chiacchierare amabilmente e fumare le cartine arrotolate con trinciato a buon mercato.

<Ve l'ho detto tante volte che, se non dovete radervi o tagliarvi i capelli, non potete stare qua. I clienti arrivano, vedono il locale affollato e se ne vanno. Come ve lo devo dire, in americano? Go home! Sciatavinn a cas>.

Nicola "u merican" era un bonaccione. Alzava la voce ma non era mai riuscito a cacciare nessuno dalla sua bottega. Quando qualcuno faceva finta di offendersi e si alzava per andare via, lui lo richiamava:

<Vabbuò, stai qua che oggi fa freddo. Però, io non dico tutte le settimane, ma almeno una volta al mese fatti una barba. E che cazzo!>.

La piccola porta con vetrina si aprì e, prima dell'uomo, nella bottega irruppe una folata di grecale che sollevò il grembiule bianco dell'unico cliente della mattinata seduto alla poltrona del barbiere.

<Buongiorno a tutti>. Minguccio "il barese" si diresse verso la stufa e, prima di cercarsi una sedia libera, si strofinò a lungo le mani avvicinandole alla stufa calda. I presenti risposero al saluto e gli fecero spazio.

<Facciamo la barba stamattina?> gli chiese il barbiere.

<Macché!> rispose l'uomo che non vedeva l'ora di raccontare la sua avventura notturna <stamattina se mi siedo alla tua sedia mi addormento. Stanotte non ho chiuso occhio>.

<Eccone un altro> commentò sconsolato Nicola <dannati perditempo, vengono qua solo a fumare e a dire cazzate>.

<Non hai ancora sistemato la persiana?> chiese uno dei presenti a Minguccio.

<Non è stata la persiana. Voi non avete idea di cosa mi è successo stanotte>. L'uomo raccontò l'episodio del gigantesco cavallo nero e l'uomo, o diavolo che fosse, che non aveva visto ma che aveva sentito e che rincorreva la bestia. In principio i presenti cominciarono a prenderlo in giro, ma l'uomo sembrava realmente spaventato e iniziarono a interrogarlo con preoccupazione, soprattutto in considerazione del fatto che Minguccio, originario di Bari, non poteva conoscere in dettaglio una vecchia leggenda locale. Una leggenda che in paese, invece, tutti conoscevano fin da bambini e che, quando se ne parlava, in molti si facevano il segno della croce.

<Tu non sei di qua> gli disse uno dei presenti <ma devi sapere che questa è una storia vecchia. Addirittura mio nonno mi raccontava del "cavallo della notte". Ogni volta che compare quel cavallo succede una disgrazia in paese. Comunque, l'ultima volta che è successo è stato subito dopo la prima guerra>. L'uomo chiese conferma sul periodo agli altri presenti che annuirono. <Era inverno e faceva molto freddo come ora. Giggino "il cantiniere", ve lo ricordate voi Giggino?> dopo aver ricevuto anche questa volta conferma dai presenti, l'uomo riprese il racconto. <Dopo aver chiuso il locale si fermò a dargli una pulita perché la mattina dopo aveva un impegno e sarebbe arrivato tardi. Quando uscì per andare a casa era passata la mezzanotte. Mentre rientrava, abitava al Crocifisso, sentì un rumore di zoccoli dietro di lui. Si fermò per vedere chi fosse che rientrava così tardi ma non vide nessuno. Quando arrivò a

casa fece appena in tempo ad entrare che, prima di chiudere la porta, vide passare una bestia nera, gigantesca e senza padrone, tanto gigantesca che la testa del cavallo arrivava al lampione. Gli occhi dell'animale sembravano tizzoni di fuoco e dalle narici usciva tanto di quel fiato da lasciare una nebbia che bruciava gli occhi di chi si trovava a passare. Lo spavento per il povero Giggino fu tale che si ammalò e stette a letto per un mese>.

<Più di un mese> rispose uno dei presenti <era quasi Pasqua quando riaprì la cantina>.

<Bene> riprese il primo <qualche giorno dopo trovarono nella Difesa, sotto una macchia, il cadavere di un carbonaio di Casamassima che veniva tutti gli anni a fare carbonella nel bosco e la vendeva in paese. Ve lo ricordate voi? Veniva con un ciuccio carico di due sporte di carbonella, arrivava a novembre e se ne ritornava a casa sua a maggio. Poverino, era un brav'uomo, io me lo ricordo perché veniva a vendere la carbonella a casa mia. Mamma gli dava una forma di pane per un sacco di carbonella e lui cominciava a mangiarlo già in casa il pane. Pover'uomo, doveva avere un appetito…>. Al ricordo di quei fatti l'atmosfera nella bottega si raggelò nonostante la stufa. Qualcun altro raccontò di un fatto analogo che gli era stato raccontato da suo padre e così l'argomento della giornata fu la comparsa, dopo più di trent'anni, del "cavallo della notte". Ovviamente la storia fece in breve il giro del paese e si moltiplicarono le testimonianze di chi aveva anche solo ascoltato il rumore dei suoi zoccoli.

III

Quella mattina Luigino Giudice era allo studio e stava preparando il programma delle visite agli allevamenti per la settimana successiva. Pregava che non venisse a nevicare, o a piovere, perché le piccole ruote della sua “500 Topolino” slittavano nelle strade infangate delle masserie creandogli non pochi disagi per raggiungere gli allevamenti. Poco prima di mezzogiorno il nuovo maresciallo dei carabinieri entrò nel suo studio. I due ancora non si conoscevano perché il maresciallo era in paese solo da pochi giorni.

<Dottor Giudice mi presento. Sono il maresciallo Foschi e sono il nuovo Comandante della stazione dei Carabinieri>. Luigino rispose con cordialità al saluto del maresciallo e lo invitò ad accomodarsi. <Al Comando di Matera mi hanno informato di quello che è successo qui l’autunno scorso e della sua denuncia nei confronti del mio predecessore. Le posso assicurare che da me avrà tutta la collaborazione possibile>. Luigino ringraziò e assicurò a sua volta la propria disponibilità verso i Carabinieri.

<Se mi permette, dottore, io avrei già una questione da sottoporle. Immagino che lei abbia già avuto notizia della voce che si è sparsa in paese circa la comparsa di un fantomatico “cavallo della notte”; sembra sia un cavallo dalle dimensioni ragguardevoli e lasciamo perdere le altre voci che girano in merito. Lei se l’ è fatta un’idea?>. Luigino accennò a un sorriso: <Maresciallo, non mi dica che i Carabinieri stanno indagando sul “cavallo della notte”. E’ una leggenda che circola in paese da secoli. Se mai ci fosse stato un cavallo simile ormai sarebbe bello che morto. Mi dia ascolto. Non ci perda il suo prezioso tempo>.

<In realtà dottore io non ci avevo neanche pensato. Anch’io vengo da un piccolo paese e conosco bene come nascono le leggende. Ma sono stato chiamato a vedere qualcosa che vorrei mostrare anche a lei. Se avrà la bontà di seguirmi sarei molto curioso di conoscere il suo parere>.

<E’ successo qualcosa?> chiese Luigino con una certa apprensione.

<No, no! Stia tranquillo, non è successo niente ma un contadino ha scoperto qualcosa ed è venuto a chiamarci. Venga, è appena fuori il centro abitato. Credo che anche lei troverà la cosa quantomeno interessante>.

Il maresciallo fece accomodare Luigino nella camionetta a quattro ruote motrici che partì attraverso il corso fino alla Porta Maggiore che immetteva nella principale piazza del paese. Poco oltre la piazza si era ormai quasi fuori del centro abitato e iniziava la periferia con ampi spazi di aperta campagna. La camionetta si fermò sul bordo della strada in prossimità del primo campo aperto dopo l’ultimo abitato. Luigino pensò che quella era la macchina di cui aveva bisogno per girare per masserie anche con il cattivo tempo, sembrava che nulla potesse fermarla con quelle quattro enormi ruote che scavano il fango fino a raggiungere l’asciutto. Il maresciallo ne discese e così pure Luigino. I due si affacciarono sul limite del campo e nel terreno bagnato, per la leggera pioggia del giorno prima, il maresciallo indicò una serie di impronte di ferro di cavallo di dimensioni veramente eccezionali. Luigino si avvicinò alle impronte con molta curiosità, si piegò e cercò di misurarne le dimensioni con il palmo della mano.

<Santo cielo! Questo ferro corrisponde almeno a una misura nove o dieci con una circonferenza piede di oltre venti centimetri> disse Luigino visibilmente sorpreso <e dalla sequenza delle impronte che riesco a vedere escluderei uno scherzo. Sono perfettamente allineate e compatibili con il passo che avrebbe dovuto avere l’animale. Inoltre si nota bene come i quattro ferri sono diversi l’uno dall’altro, guardi qui la posizione dei chiodi> indicò al maresciallo dei piccoli punti, nelle impronte, che riproducevano la testa dei chiodi. Luigino chiese al maresciallo se nella camionetta avessero qualcosa per prendere delle misu-

re. L'agente nella camionetta consegnò a Luigino un metro arrotolato in un astuccio, come quello usato dagli agrimensori per misurare le distanze. Luigino chiese all'agente di tenere un capo del metro in corrispondenza di quelle che dovevano essere le impronte dei ferri posteriori del cavallo e lo srotolò fino alle impronte dei ferri anteriori. Misurò con sorpresa una lunghezza superiore ai due metri e mezzo. Poi misurò anche la distanza tra i due ferri posteriori e decise che quel cavallo doveva essere alto circa due metri al garrese.

<Si è fatto un'idea?> chiese il maresciallo a Luigino.

<No! Si tratta senz'altro di una bestia gigantesca> rispose Luigino <non ho mai visto un cavallo simile ma non escludo che possa trattarsi di un esemplare, pur di dimensioni eccezionali, di razza Shire. È un'antica razza inglese utilizzata in passato nelle guerre e ora adoperato per trainare trasporti pesanti come carri per trasportare la birra. Ma in questa zona non ne ho mai visto uno e non ne ho notizia da altri colleghi>.

<Quindi per lei si tratta di un fatto … diciamo normale?>.

<Beh! Normale proprio non direi, date le dimensioni, ma sicuramente spiegabile. Non si tratta certamente di quello di cui i miei ingenui concittadini parlano>.

Tornato allo studio Luigino prese uno dei suoi libri e andò cercare notizie più dettagliate sul cavallo Shire. Già Giulio Cesare lo riportava nel suo *De bello gallico* definendolo *Ecuus Magnus*. In realtà le misure della razza erano decisamente superiori alla norma ma non venivano segnalati esemplari dalle dimensioni di quelle che, presumibilmente, doveva avere l'animale che aveva lasciato le impronte che lui aveva visto. Provò a far qualche telefonata ai suoi colleghi nella zona per scoprire se qualcuno avesse notizia di un cavallo di quella razza ma nessuno seppe dirgli niente in merito. Decise allora di chiedere aiuto a quello che lui riteneva uno dei maggiori esperti nel campo.

La bottega di mastro Rocco "u' ferrar" sembrava la fucina di Vulcano. Le antiche pareti nere, uniformemente coperte di fuliggine come se l'avessero pitturata, davano l'impressione che in quel locale ci fosse stata da sempre una *ferrarìa*. Centinaia di piccoli e grandi arnesi disseminati ovunque, chiodi per ferri di tutte le misure, pinze e tenaglie di ogni forma, lime, raspe, vomeri e zappe da affilare, aratri e attrezzi agricoli da riparare, tutti in un apparente e completo disordine ma perfettamente sistemati nel posto dove il loro padrone li avrebbe trovati subito. Un altro ci avrebbe perso giorni a rintracciare un arnese che mastro Rocco sapeva trovare ad occhi chiusi.

L'aria sapeva di fumo dolciastro di carbone e ferro, la polvere nera del metallo si poteva solcare con un dito sul viso dell'uomo, impastata al suo sudore. Lo stesso mastro Rocco, nonostante l'età ormai non più giovane, sembrava incarnare perfettamente il dio del fuoco mentre batteva, con forza e sorprendente precisione, il ferro rovente sull'incudine, sollevando magiche goccioline incandescenti. Le sue possenti braccia sprizzavano ancora inaspettata energia attraverso le vene gonfie che correvano dal polso fino a oltre la manica arrotolata della camicia. Ancora oggi, tutte le volte che Luigino entrava in quella bottega ne restava affascinato come quando, da bambino, accompagnava suo padre a ferrare i muli; mastro Rocco gli faceva alimentare il fuoco con il mantice a pedale e lui restava incantato dalla forza con cui la fiamma soffiava attraverso la brace ardente e saliva a cuocere il ferro. Poi l'uomo modellava quella materia rossa e incandescente che, sotto i colpi del martello, prendeva magicamente forma e consistenza. Un giorno mastro Rocco gli realizzò, sotto i suoi occhi, un piccolo cavallo in ferro talmente ben proporzionato nelle forme che, alla fine, Luigino si meravigliò che l'animale non prendesse realmente vita e iniziasse a camminare da solo. A quel tempo mastro Rocco ferrava tutti gli animali del paese, li radeva per quando faceva caldo e li curava quando si ammalavano. Su cavalli, asini e muli Luigino aveva appreso più nella sua bottega che nelle aule universitarie.

<Buongiorno mastro Rocco>.

<Buongiorno Luigino. Ti avrei cercato io più tardi> rispose il maniscalco <ieri è passato Michele Schiavo, il suo mulo aveva una zampa gonfia al garretto. Gli ho fatto un impacco con crusca imbevuta di aceto bianco e gliel'ho legato intorno alla zampa. Gli ho anche detto di tenerlo fermo nella stalla per una settimana. Ho fatto bene?>.

<E lo chiedi a me se hai fatto bene. Qui il mastro sei tu e io mi inchino alla tua sapienza. Comunque, se si tratta solo di una distorsione potrebbe funzionare. Se tra qualche giorno non migliora mandalo da me che gli do un'occhiata. Ma sono venuto per chiederti qualcosa. Ultimamente hai per caso fatto ferri da cavallo di misura nove o dieci?>.

<Misura nove o dieci? Per cosa sono, per un elefante? No. Decisamente non ne ho mai visto uno e tanto meno ne ho mai fatti> rispose l'uomo senza comunque mostrare un'eccessiva sorpresa per quella strana domanda. <Quella misura è per un cavallo di almeno due metri al garrese e io non ne ho mai visto. Ha per caso a che fare con il cavallo che qualcuno dice di aver visto la notte scorsa?>. Mastro Rocco pose la domanda con un'espressione divertita <Tu conosci certamente la leggenda del "cavallo della notte", il cavallo nero del diavolo. Si dice che quando scappa dal suo padrone è perché annuncia la morte violenta o per incidente di qualcuno. Negli anni passati ogni volta che si diceva di averlo visto o sentito, dopo qualche giorno, qualcuno moriva ammazzato o finiva comunque male>.

<E tu ci credi?> chiese Luigino.

<Io non credo neanche al diavolo in persona, figuriamoci al suo cavallo>.

<Ho visto delle orme di ferri corrispondenti a quella misura. Tu che ne pensi?>.

<Che è uno scherzo. Con questo freddo la gente se ne sta in paese e non sa come passare il tempo. Comunque sarei curioso di vederle queste orme>.

<Vieni, andiamo, ti ci porto. Mi piacerebbe proprio ascoltare il tuo parere> rispose Luigino. Mastro Rocco accostò la pesante porta della sua bottega e seguì Luigino nell'auto. Arrivati sul posto Luigino mostrò a mastro Rocco le ormai famose impronte <Allora, cosa mi dici?>.

<Che se non è il cavallo del diavolo deve essere suo cugino. Questa bestia deve essere alta quasi tre metri. Eppure, Luigì, io ne ho visti e fatti tanti di ferri ma questa misura mi sembra davvero esagerata. Non sarà mica veramente uno scherzo?>.

<Ci avevo pensato anch'io ma guarda le altre impronte, sono perfettamente allineate al passo dell'animale. No, sono perfette, escluderei che siano state fatte ad arte>.

<Non saprei che dirti, sono sicuramente di una misura dieci, ma non conosco animali con quel piede, e tu che ne pensi?>.

<Esiste una razza che ha delle misure superiori alla media, anche se questo le supera abbondantemente. Comunque non ne ho visti nella zona>.

Tornato allo studio Luigino trovò un carabiniere che lo aspettava sulla porta e che lo invitava a seguirlo in caserma perché il maresciallo aveva Minguccio "il barese" che stava raccontando quello che aveva visto la notte precedente.

<Dottore l'abbiamo aspettata> disse il maresciallo facendo accomodare Luigino <Ascoltiamo quello che ha da dirci il nostro amico. Allora, dicci cosa hai visto e sentito la notte scorsa>. L'uomo iniziò il suo racconto:

<Erano le due e mezza perché l'orologio della torre aveva appena battuto le ore. Io ero sveglio perché quella maledetta persiana continuava a sbattere per il vento. Appena prendevo son-

no quella sbatteva e io mi svegliavo. Mi sono alzato per fissarla bene e mi sono anche quasi rotto un piede. Comunque mentre ero vicino la finestra ho visto la testa del cavallo che arrivava all'altezza della mia finestra. Marescià, io abito al secondo piano>.

<Cos'altro mi puoi raccontare del cavallo?>.

<Ho visto solo la sua testa, completamente nera come l'inferno e la sua lunga e folta criniera>.

<E poi?>.

<E poi è arrivato lui>.

<Lui chi?>.

<Il diavolo. Lo stava cercando, quella era sua la bestia>.

<E hai visto anche il diavolo?>.

<No, ma l'ho sentito>.

<E cosa diceva?>.

<Stava chiamando il suo cavallo> l'uomo impostò la voce per renderla la più bassa possibile <Nerooo...>.

<E come fai a sapere che era il diavolo?>.

<Quella voce non poteva essere di un cristiano>.

<E perché non ti sei affacciato per vedere meglio?>.

<Marescià, ì non sò pazz. Me ne sono tornato a letto. Non volevo certo vederlo il satanasso. Chi lo vede muore e io ho quattro figli ancora da crescere>.

Dopo il racconto l'uomo fu lasciato andare.

<Dottore, cosa ne pensa?>.

<L'unica cosa certa è che non si tratta del diavolo e del suo cavallo ma cercherò di capirci qualcosa> assicurò Luigino.

<Se ci riesce mi faccia sapere qualcosa se no qui mi faranno diventare matto con questa storia> disse il maresciallo.

<Non dubiti> rispose Luigino <La cosa mi ha veramente incuriosito>.

IV

Quel pomeriggio iniziò a piovere, nonostante le preghiere di Luigino e, man mano che arrivava la sera, la pioggia si andava trasformando in neve. Nevicò ancora la mattina successiva e, verso mezzogiorno, la temperatura cominciò finalmente a risalire e la neve si trasformò nuovamente in pioggia. Nei giorni successivi la pioggia e la neve che si scioglieva sulle montagne del Potentino ingrossarono le acque del Bradano rendendone impossibile l'attraversamento e isolando il paese da Sud e da Ovest.

Ormai erano quasi tre settimane che gli uomini erano rimasti in paese a causa, prima del freddo intenso e poi del successivo arrivo del maltempo. Benché non fosse periodo di grandi lavori agricoli la gente era ormai stanca di starsene rintanata in paese. La domenica mattina finalmente il sole tornò a splendere facendo sperare in un periodo sufficientemente lungo di bel tempo da consentire la ripresa dei lavori interrotti nelle campagne. Donne e bambini stavano uscendo dalle chiese per la messa domenicale. Per le strade e i vicoli del paese cominciavano a diffondersi stuzzicanti profumi di cucina. I più sfortunati passavano accanto alle case dei benestanti per annusarne gli odori dei ragù di coniglio, pollo e altre carni, quasi come un balsamo aereo che, invece di quietare i brusii delle loro pance vuote, ne stimolava ulteriormente la ribellione provocando rumorosi gorgheggi. Più diffusamente si poteva riconoscere il profumo dei sughi di pomodoro con polpette di uova e mollica di pane raffermo. Il pranzo della domenica andava onorato anche nelle case dove la carne si mangiava tre volte l'anno: Natale, Pasqua e la festa del Patrono.

La bella mattinata di sole faceva indugiare la gente per strada prima di rincasare per il pranzo. Il primo rintocco della campana della chiesa madre fece pensare ai più che fosse mezzogiorno ma i successivi erano eccessivamente distanziati, quasi non ci si credeva che quelli che stava battendo la grande campana fossero rintocchi a morto. Annunciavano il decesso di qualcuno. La gente per strada cominciò ad interrogarsi su chi potesse essersene andato proprio quella splendida mattina di sole. Ma nessuno aveva una risposta alla domanda cosicché qualcuno entrò in chiesa a chiedere per chi fosse quella *mortuna*. Il sagrestano sembrò particolarmente scosso mentre comunicava la notizia:

<Hanno trovato Zi Sepp, il massaro, nel Bradano, aggrovigliato ai rami di un pioppo caduto>.

Contemporaneamente la notizia raggiunse la gente in piazza da altre fonti e immediatamente la fantasia popolare collegò la tragedia all'apparizione, di poche notti prima, del diabolico cavallo alimentandone ulteriormente la funesta leggenda. Ormai nessuno, o quasi, aveva più dubbi: "Il cavallo della notte" era tornato a reclamare la sua vittima.

L'anziano Zi Sepp, come tutti in paese lo chiamavano affettuosamente, faceva il massaro in una masseria di Scanzano, vicino Metaponto, e tornava ogni quindici giorni a casa, con la sua asina, per vedere la moglie, i figli e i nipoti e per rifornirsi di pane per la successiva quindicina. Dalla masseria portava con sé del formaggio, ricotta fresca e, qualche volta, un agnello o capretto, prodotti che poi la moglie rivendeva in paese ricavandone qualche soldo. Era partito il sabato mattina convinto di essere a casa per la sera. La piena del Bradano non lo aveva eccessivamente preoccupato perché aveva attraversato centinaia di volte quel fiume, anche con l'acqua alta. Il vecchio ponte sul fiume era troppo lontano e gli avrebbe preso oltre due ore. Lui conosceva scorciatoie e guadi tranquilli di cui nessuno sapeva. Aveva una nipotina da pochi giorni e qualche goccia d'acqua, come lui definiva la piena, non gli avrebbe impedito di vederla per la prima volta. Per l'occasione aveva preparato una manteca che aveva posto con cura in una piccola cesta di vimini insieme a qualche forma di cacioricotta e delle piccole figure di pecora realizzate con la pasta fresca di formaggio. La cesta era per la figlia, mamma da pochi giorni. Per strada immaginava le nuove figure che avrebbe realizzato con la pasta di formaggio quando la sua nipotina fosse stata più grande e già ne assaporava le risate divertite. La vecchia asina conosceva bene la strada e procedeva tranquilla. Arrivati al solito punto, dove era solita attraversare il fiume, l'asina si fermò e sembrava rifiutarsi di entrare in acqua. Il massaro prima provò a spronarla cercando di restarci in groppa, poi scese, la prese per le briglie e provò a tirarla.

<Vecchia testarda, cosa ti prende? Non hai mai attraversato il fiume prima di adesso?>. L'animale lo fissò con uno sguardo terrorizzato temendo che l'uomo volesse bastonarla ma, ciò nonostante, non mostrava nessuna intenzione di accontentare il suo anziano padrone. L'uomo provò nuovamente a tirare l'animale e, nello sforzo di smuoverlo, mise un piede dove non avrebbe mai dovuto. La riva argillosa del fiume scivolò sotto il suo peso e, tentando di aggrapparsi alle redini dell'asina, l'uomo cadde nell'acqua gelida e melmosa non riuscendo a rimettersi in piedi e a risalire la sponda bagnata e scivolosa. Da giovane gli era già capitato ma, allora, poteva contare su energie da tempo dimenticate. Quando la sua testa riemergeva vedeva l'asina guardarlo con addolorato stupore mentre si allontanava avvinghiato in mille tentacoli che lo trascinavano senza alcuna apparente fatica.

Un albero caduto per una frana nell'argine lo fermò qualche decina di metri più avanti ma troppo tardi per poterne approfittare. Trovarono l'asina con il suo carico di regali sulla sponda del fiume, vicino l'albero caduto. Sembrava stesse brucando l'erba ma l'animale tendeva il muso verso il suo vecchio padrone, qualche metro più sotto nell'acqua. Mentre la portavano in paese il suo passo era greve e stanco come se i suoi tanti anni le fossero piombati tutti insieme improvvisamente e insopportabilmente sul dorso.

V

Al funerale di Zi Sepp c'era buona parte degli uomini del paese, non tanto per la popolarità del defunto quanto per le circostanze del suo decesso. C'erano anche il maresciallo dei Carabinieri, mastro Rocco il maniscalco e Luigino, tra i non tantissimi che in paese ancora non credevano alla leggenda del diabolico cavallo nero. Certo che la tragica coincidenza pareva strana anche a loro e, pertanto, ognuno per la propria competenza aveva deciso di venirne a capo. Luigino sembrava il più determinato perché era sempre più convinto che quella bestia fosse un cavallo della ormai famosa razza "Shire". Ma dove cercare, i suoi clienti li aveva interpellati tutti e conosceva tutte le masserie del paese e del circondario ma, di quell'animale, non c'era traccia, sembrava scomparso nel nulla, nuovamente inghiottito nella sua stessa nefasta leggenda. La sinistra figura del cavallo del demonio, che di tanto in tanto sfugge al suo padrone decretando lutti e sciagure a ogni sua apparizione come se reclamasse un proprio diritto a decidere sugli umani destini, inspiegabilmente lo affascinò solleticandogli la fantasia. Lui era ancora bambino l'ultima volta che se ne parlò e ricordò i commenti che si facevano tra amici, seduti sull'abbeveratoio della fontana con le gambe ciondoloni. Gli tornò in mente Ciulìn, il suo cane, accovacciato anche lui ai piedi della fontana. Quando ricordò il suo fido amico d'infanzia lo colse un improvviso senso di oppressione al cuore, come se una mano violenta e maligna glielo stesse strizzando senza nessun riguardo, perché il cane era morto lo stesso giorno in cui era morto suo padre. Un breve, intenso e doloroso ricordo, una sferzata che lo riportò al presente lasciandogli, però, un grosso nodo in gola come una sorta di pedaggio per quella fugace intrusione nel mondo dei rimpianti.

Seduto alla sua poltroncina nello studio si addormentò rassicurato dal dolce tepore del fuoco nel caminetto. Quando si svegliò era buio, un senso di smarrimento lo assalì come l'essersi smarrito nei labirinti del tempo. Cercò il suo orologio nel taschino del gilè e lo pose alla luce smorta di un lampione che filtrava dalla finestra ma, come in un gioco guidato da un giullare matto, l'orologio era fermo. Si sentì ancor più sprofondato in una dimensione surreale, alla disperata ricerca di un riferimento temporale certo che lo riportasse nel mondo noto ai suoi sensi. L'unico che trovò fu il fuoco ancora acceso nel caminetto, dalla legna consumata poté desumere che fosse tardo pomeriggio. Telefonò a casa e la dolce voce che gli rispose lo riportò definitivamente alla realtà.

<Avevo solo voglia di sentirti> disse alla moglie.

<Ma se abbiamo pranzato insieme solo qualche ora fa> gli rispose attonita Maristella.

<E io volevo sentirti. Non fa niente. Ci vediamo più tardi>.

La mattina dopo l'inverno era tornato con le sue cupe atmosfere, il freddo intenso e il cielo di un grigio chiaro facevano prevedere un'imminente nevicata. Luigino, nel suo studio, pensava e ripensava agli strani avvenimenti dei giorni prima e, come registrata su un magnetofono, gli ritornò in mente la voce di Minguccio "il barese" che raccontava a lui e al maresciallo dei carabinieri la sua esperienza della notte precedente. Mentre guardava il corso del paese dalla finestra dello studio i suoi occhi si illuminarono come ad annunciare un'improvvisa intuizione: "Forse sto guardando nella direzione sbagliata, non è il cavallo che devo cercare ma il suo padrone".

"*Quella voce non poteva essere di un cristiano*" così aveva detto "il barese". Senza indugiare oltre uscì e, incurante della incombente minaccia di neve, prese la sua auto e si avviò verso la campagna. Era diretto a una masseria e ci arrivo in poco più di un quarto d'ora. Alla masseria Galasso trovò il cancello aperto e lo attraversò in auto fino a fermarsi davanti alle stalle sul lato posteriore della masseria. Alla masseria lui era di casa per le sue frequenti visite al numeroso bestiame. I pochi contadini che lo videro arrivare non ci fecero nemmeno caso.

Uscito dall'auto si diresse verso la porta di un locale che ultimamente lui aveva sempre visto chiusa. La serratura completamente arrugginita faceva supporre che non fosse chiusa a chiave così spinse con forza. Il portone oppose una certa resistenza perché l'umidità ne aveva ingrossato il legno cosicché il lato inferiore toccava il pavimento. Luigino forzò la spinta e la porta si aprì con un rumore stridulo che gli sembrò un urlo. Il locale era buio ma vuoto, Luigino vi entrò ispezionandolo alla ricerca di qualche traccia.

<Dottor Giudice, state cercando qualcosa?>. La voce dell'uomo fece sobbalzare il cuore di Luigino innescando una serie di battiti innaturalmente accelerati. Quella che "il barese" aveva indicato come la voce del diavolo gli aveva appena parlato. Proprio a quella voce Luigino aveva pensato mentre gli venivano in mente le parole dell'uomo, una voce che conosceva bene anche se l'aveva sentita una o due volte al massimo, ma erano state più che sufficienti per imprimerla a fuoco nella sua memoria.

<Dov'è?> rispose Luigino con ostentata tranquillità.

<Venite!>. Il gigantesco massaro uscì dal locale e fece strada a Luigino oltre le stalle, verso un recinto con un alto muro in blocchi di tufo. Il massaro alzò un lembo del suo mantello e sfilò da una tasca della pesante giacca in grossolano velluto marrone, una massiccia chiave di ferro scuro. Aprì la serratura

della porta, anch'essa in ferro rugginoso, ed entrò nel recinto tenendo aperta la porta per far passare Luigino. Quello che Luigino vide nel piccolo recinto lo lasciò senza fiato per qualche minuto. I suoi occhi brillarono come torce nella notte nel vedere quello splendido animale alto quasi tre metri, nero come la notte, terrificante e bellissimo da togliere il respiro perfino a un veterinario esperto come lui. Pensò che sarebbe bastata la sua criniera per confezionare un intero cappotto. La lunga coda folta era sicuramente più lunga di quanto Luigino fosse alto ma, a stento, raggiungeva la parte superiore dei garretti dell'animale completamente ricoperti da un folto pelo che strisciava nel fango. Tutto nell'animale era magnificamente armonioso pur nell'imponenza delle forme. Si avvicinò con un rispetto quasi religioso al cavallo, gli accarezzò l'enorme e muscoloso collo, poi la mano scivolò sui suoi possenti muscoli pettorali e giù fino alle zampe che sembravano tronchi di ulivo giovane. Non credeva ai suoi occhi ma si rallegrò con se stesso per aver indovinato subito a quale razza appartenessero quelle enormi orme sul terreno bagnato. Restò per qualche minuto in ammirato silenzio mentre studiava il possente e mansueto animale, infatti una delle caratteristiche dello "Shire" è proprio la sua indole pacifica anche se, nel passato, veniva utilizzato in guerra.

<Come l'ha capito?>. La voce di don Riccardo risuonò alle sue spalle distogliendolo solo per un attimo dall'ammirazione di quella splendida creatura.

<Qualcuno ha raccontato di aver sentito una voce inumana che chiamava il cavallo e io quella voce l'avevo già sentita. Ma perché non mi ha detto di avere questa meraviglia della natura?> chiese a sua volta Luigino a don Riccardo.

<Perché dopo l'incidente al povero Zi Sepp ho temuto che i nostri concittadini potessero pensare che fosse stata colpa del mio cavallo. L'ignoranza e la superstizione possono essere del-

le pericolose consiglieri. Così avevo deciso che l'avrei spostato, tra qualche giorno, nella masseria di un mio amico in Puglia. La notte che è stato visto in paese era uscito dal recinto>.

<E massaro Antonio è andato a recuperarlo seguendolo in paese, non è così?> intervenne Luigino.

<Proprio così> rispose don Riccardo <Ho trovato questa meraviglia, come lo chiama lei, durante il mio ultimo viaggio a Glasgow del mese scorso e ho immediatamente deciso che l'avrei portato nella mia masseria. L'avrei sicuramente chiamata per mostrarglielo, poi è successo quello che lei sa. E' l'animale più grosso che io abbia mai visto ma è così mansueto che anche un bambino potrebbe cavalcarlo. L'idea che quei bifolchi potessero fargli del male mi ha convinto a non rivelare a nessuno la sua presenza>. In un certo senso Luigino approvò le parole dell'uomo, sarebbe stato difficile far capire ai suoi concittadini che quello era semplicemente un animale, gigantesco ma solo un animale.

Nessuno s'era accorto che nel frattempo aveva preso a nevicare con una certa intensità.

<Tornerò senz'altro a visitarlo di nuovo> disse Luigino.

<Cosa farà ora? Racconterà la storia in paese?> chiese preoccupato don Riccardo.

<No, per il momento non dirò niente, informerò della cosa solo il maresciallo dei Carabinieri visto che è stato coinvolto nella faccenda> rispose Luigino <ma come farà a tenerlo ancora nascosto? I suoi contadini prima o poi lo vedranno>.

<Per ora lo terrò qui nel recinto dove non viene mai nessuno. Solo il massaro può accedervi e stia tranquillo che lui non ne parlerà con nessuno, poi si vedrà>.

La neve, nel frattempo, aveva iniziato a posarsi e le ruote della piccola Topolino slittavano nella fanghiglia mista a neve rendendo vano ogni tentativo di Luigino di farle aderire al terreno.

<Adesso è un bel problema tornare in paese> commentò Luigino mentre spingeva inutilmente il piede sull'acceleratore.

<Ho altri cavalli di dimensioni più normali> propose don Riccardo <se è disposto a fare ritorno in paese a cavallo poi verrà a riprendere la macchina quando la neve si sarà sciolta e mi riporterà il cavallo. Altrimenti può fermarsi qui, c'è più di una camera vuota in masseria>.

<Grazie> rispose Luigino<andrò a cavallo>.

8 – **Graziella “a’ vacandì ”**

Luigino Giudice percorreva spesso a piedi il corso del paese, a volte da solo, a volte in compagnia della moglie e dei figli durante la passeggiata domenicale. Tra le tante botteghe, distribuite sui due lati della strada, c’erano anche delle abitazioni private. Una di queste, di fianco all’emporio del corso, era l’abitazione di Graziella, una donna nubile che aveva all’incirca l’età di Luigino. La si vedeva spesso sull’uscio della porta, appoggiata discretamente allo stipite, mentre guardava la gente nello struscio domenicale o nel disbrigo delle faccende quotidiane.

Rimasta orfana di entrambi i genitori quando ancora era poco più che una ragazzina, aveva sempre vissuto in quella casa. In principio era stata aiutata da zii e nonni, dopo se ne prese cura il fratello maggiore, piccolo allevatore, che comunque viveva in campagna nella modesta masseria dei genitori. Non aveva eccessivi problemi economici perché il fratello le forniva il necessario per vivere ma Graziella non aveva trovato marito e, nel rispetto della tradizione cittadina sui soprannomi, dai suoi concittadini era chiamata “a’ vacandì ”, che non era un vero e proprio soprannome ma piuttosto la condizione di non sposata che riguardava tutti coloro, uomini e donne, che si trovavano in quella situazione. Fisicamente magra e anche piuttosto alta, rispetto alla media delle donne del paese, non si sa perché non aveva suscitato attenzione nei giovanotti del posto. Non si poteva dire che fosse una bella donna né lo era stata in gioventù ma, sicuramente, non era più brutta di molte sue coetanee che, invece, avevano messo su famiglia nell’età giusta. Estremamente riservata e mai al centro di pettegolezzi, ormai viveva questa sua condizione di zitella con rassegnazione ammirando, dall’uscio della sua porta, la gente comune che le passava davanti. Nell’espressione del volto, ma anche in molti degli atteggiamenti fisici, le si leggeva un devastante senso di solitudine e di composta e dignitosa tristezza. Una tristezza non abbandonata o trasandata, piuttosto accettata, quasi come una indesiderata ma unica e fedele compagna di vita. Ma in paese c'era qualcuno che ancora suscitava in lei una attenzione particolare, molto superiore a quella riservata ad altri suoi distratti concittadini.

Sin da ragazzina, Graziella, era stata segretamente e perdutamente innamorata di Luigino Giudice, sin da quando il giovane Luigino studiava alla scuola media, e poi al liceo, di Matera e tornava in paese per la domenica. All'ora in cui arrivava la corriera, il sabato sera, lei era lì sull'uscio della sua porta ad aspettarlo che passasse; contava le ore fin dal mattino e, all'approssimarsi dell'ora prevista, un'emozione spasmodica si impossessava di lei come un demone dispotico. Qualunque cosa stesse facendo doveva interromperla per aspettare quel giovane studente. Perfino il lunedì mattina, molto presto, lo aspettava mentre Luigino andava a riprendere la corriera per tornare a Matera. Quel giovane studente le faceva battere forte il cuore e le ispirava sogni segreti che aveva conservato per anni come riposti delicatamente in un intimo e prezioso scrigno. Nei suoi sogni di ragazzina se lo portava in giro per i campi di margherite e papaveri, mano nella mano perduti nel meraviglioso universo multicolore degli adolescenti innamorati. D'inverno se lo teneva seduto accanto davanti al caminetto ricoprendolo di affettuosissime cure. A volte ci parlava come se lui fosse veramente seduto lì con lei ad alleviarle lunghe stagioni di solitudine. Aprendo quel suo prezioso scrigno lei non si sentiva più sola, sprofondava e si lasciava avvolgere nel suo mondo fantastico dal quale riusciva a sottrarre dolcissimi attimi di impalpabile felicità. Negli anni quelle fughe nei sogni l'avevano sorretta, sottraendola brevemente al sempre più inesorabile e crudele destino di emarginazione che sembrava fosse stato preordinato per lei fin dalla notte dei tempi. Pregava e aspettava che il suo Luigino, un giorno, si accorgesse finalmente di lei. Un saluto, una sfuggevole occhiata, un sia pur minimo cenno di attenzione nei suoi confronti l'avrebbero largamente ripagata di settimane, mesi e poi anni di interminabile attesa. Ma lui passava sempre di corsa, con borsa e libri sempre più pesanti, dolorosamente incurante delle speranze della giovane donna. Aveva tenuto accesa quella flebile speranza anche durante gli anni dell'università a Bari di Luigino, fino al giorno in cui, in paese, si era diffusa la notizia del fidanzamento ufficiale di Luigino con Maristella Ferretti. Non aveva voluto crederci al punto che una mattina, all'uscita dalla messa nella chiesa dell'Immacolata, ne aveva chiesto conferma ad Anna, la madre di Luigino, fingendo, senza alcuna possibilità di successo, una improbabile indifferenza. Alla risposta affermativa di Anna la ragazza era corsa via con le lacrime agli occhi. Anna, che da tempo aveva intuito le segrete attenzioni di Graziella per suo figlio, ne era rimasta particolarmente addolorata ma non poteva fare nulla per consolare la povera ragazza.

II

Quella mattina Luigino passava, come tante altre volte, davanti alla porta di Graziella. Lei era lì, quasi ad aspettarlo, appoggiata al consueto stipite. L'improvviso e inatteso saluto della donna lo distolse dai suoi impegni professionali già ben ordinati nella sua mente:

<Buongiorno Luigino>. Un attimo di smarrimento lo fece indugiare.

<Buongiorno signora. Mi … conoscete?> le chiese.

<In paese ci conosciamo un po' tutti. E tu mi conosci?> chiese a sua volta Graziella con una incredibile tranquillità e sor-

prendendo Luigino per il tono confidenziale con cui gli si stava rivolgendo.

<Beh sì. Avete ragione. In effetti in paese ci conosciamo tutti. Qualche volta ho visitato gli animali di vostro fratello>.

<Già, gli animali di mio fratello> disse la donna quasi con un senso di invidia verso quelle bestie fortunate <conoscevo tua madre, una buona donna. La incontravo spesso in chiesa e ci salutavamo>. Luigino continuava a non capire il motivo di quella strana conversazione ma non voleva troncarla in modo brusco anche se un po' lo imbarazzava.

<Sì, mia madre conosceva tutti> le rispose <Ma posso fare qualcosa per voi?>.

<No, volevo solo salutarti>.

<Bene> disse Luigino sempre più imbarazzato e pensando che forse la donna aveva in mente di chiedergli qualcosa ma ne avvertiva timore <se dovesse occorrervi qualcosa chiedete pure senza problemi, io ho lo studio proprio qua sopra>.

<Grazie, lo terrò a mente>.

<Allora, buona giornata> le disse Luigino ritornando ai suoi impegni di lavoro.

<Buona giornata> gli ripose la donna sussurrando impercettibilmente il suo nome <Luigino>.

III

Il giorno dopo Luigino, passando nuovamente per il corso, vide un po' di gente davanti alla porta di Graziella. Si fermò a chiedere il motivo di quello strano, inconsueto via vai dall'abitazione. Non ricordava di aver mai visto qualcuno entrare o uscire da quella casa.

<E' morta Graziella "a' vacandì"> gli fu risposto <l'ha trovato il fratello che era venuto a portarle della ricotta>. La notizia

colpì Luigino come una frustata sulla pelle nuda. In quarant'anni non aveva mai parlato con quella donna e, proprio il giorno prima della sua morte, lei lo aveva salutato e intrattenuto brevemente. Sembrava quasi che quell'inatteso saluto avesse voluto rappresentare un commiato simbolico rivolto a tutti i suoi concittadini, a coloro che per lunghissimi anni erano passati distrattamente e con dolorosa indifferenza davanti alla sua porta e che la donna avesse scelto lui, chissà per quale motivo, come privilegiato esponente di quell'umanità così vicina da poterla toccare solo allungando un braccio eppure tanto distante da relegarla in una desolante dimensione di solitudine.

Luigino non poteva immaginare perché quella donna avesse scelto proprio lui. Quel saluto non era rivolto all'umanità indifferente ma a lui solo, aveva rappresentato il definitivo abbandono di un giovanile sogno d'amore mai completamente sopito. La risolutiva rinuncia a quel mondo fantastico nel quale Graziella aveva vissuto la sua esistenza parallela insieme al suo Luigino. Lui non poteva immaginare e non immaginò. Qualche istante dopo vide uscire dalla casa il dottor Marietti suo amico e, probabilmente, medico della donna. Luigino lo fermò per chiedergli notizie sulla morte della donna.

<Non lo so, non ne ho la più pallida idea, solo un'autopsia potrebbe accertare la causa del decesso> gli rispose il medico <eppure, pensa che l'avevo visitata qualche settimana fa per un banale raffreddore e non avevo riscontrato niente che, al momento, poteva farmi pensare a un problema serio. Povera donna, è morta in solitudine così come aveva sempre vissuto, ma aveva sul viso l'espressione serena di chi se n'è andato in pace con sé stessa e con il mondo, nonostante il mondo non si fosse mai accorto di lei prima. La cosa strana è che era sdraiata sul letto rifatto con quello che probabilmente doveva essere il suo corredo. Il vestito e le scarpe nuove e preparata come se lo stesse aspettando>.

<Pensi a un suicidio?> gli chiese allarmato Luigino.
<No! Assolutamente no!> gli rispose l'amico <lo escludo nel modo più categorico. Anche se avesse assunto del veleno me ne sarei accorto perché avrei trovato i segni della sofferenza sul suo volto e nella posizione del corpo. Piuttosto è come se avesse evocato essa stessa la morte che, inspiegabilmente, è veramente giunta ad accontentarla. Ma è la prima volta che mi capita una cosa simile. Ho sentito di alcune tribù del centro Africa che riescono a procurarsi la morte quasi istantanea senza ricorrere a strumenti o sostanze esterne, ma dubito che la povera Graziella sia mai stata da quelle parti>.

Luigino ascoltò in silenzio e con infinita tristezza il racconto dell'amico ma non gli volle parlare dell'episodio del giorno prima. Per tutta la mattinata, non fece altro che pensare a quella donna e alla strana coincidenza e si andò convincendo che non poteva essersi trattato solo di puro caso.

Una volta a casa Luigino raccontò l'accaduto alla moglie.

Maristella ne rimase colpita quanto lui e la sua mente fece un salto nel passato, a circa dieci anni prima, poco dopo il suo matrimonio. Una domenica mattina, uscendo dalla chiesa, Graziella le si era avvicinata e le aveva detto: "*Pregherò per te e per i tuoi figli*".

9 - Pasqua di Resurrezione

Don Liborio era seduto al primo banco proprio davanti alle luccicanti balaustre in marmo policromo del presbiterio.

L'area dell'altare era la più illuminata della chiesa perché raccoglieva l'ultima luce, che il pomeriggio di marzo stava lentamente spegnendo, dalle finestre intorno alla grande cupola. Fino a quando la finestra situata a ponente riusciva a catturare l'ultimo dei più attardati raggi di sole, prima che questo scomparisse oltre le colline all'orizzonte, don Liborio non accendeva il grande lampadario in gocce di cristallo che, fino a qualche anno prima, sosteneva circa quaranta candele. Con l'arrivo in paese dell'energia elettrica erano stati sostituiti i portacandela dell'antico lampadario con dei portalampade che ospitavano delle ben più banali lampadine a incandescenza, decisamente meno suggestive delle tradizionali candele in cera, ma sicuramente più benevoli nei confronti degli infiacchiti occhi del presule e delle sue anziane parrocchiane.

Quello spicchio della giornata, con l'immancabile e consunto breviario in mano, rappresentava uno dei pochi momenti di dolcissima riflessione durante la giornata. Don Liborio stava meditando sulla sua condizione di "pastore" a cui Dio aveva affidato il suo gregge. Tra le ampie e armoniose navate del tempio si poteva quasi ascoltare l'eco dei suoi pensieri come fossero sussurrati dalla sommità di una rupe e da questa ripetuti all'infinito come un maligno pettegolezzo.

Durante le sue meditazioni a volte gli sembrava di sentire l'occhio potente del Creatore che, come un severo padrone di casa, lo scrutava fino agli angoli più remoti della sua coscienza. Perciò teneva a bada i suoi pensieri nel timore che potessero sconfinare oltre i labili, a suo dire, margini della propria fede.

Da qualche tempo era ossessionato da un dubbio che lo accompagnava in ogni momento della giornata e, ancor più, della notte: poteva, a questo punto del suo percorso sacerdotale, ritenere di essere stato un buon pastore? Stava operando nel migliore dei modi per portare Dio alla sua gente? Ma, soprattutto, stava portando la sua amata gente a Dio? Quella sera un improvviso senso di angoscia lo colse nel timore di non essere stato degno dell'impegnativo compito che gli era stato affidato. L'entusiasmo giovanile che gli aveva fatto scegliere e accettare il sacerdozio era andato man mano scemando. Non perché fosse contemporaneamente venuta meno la fede, che anzi si era andata irrobustendo negli anni, ma per la intervenuta presa di coscienza dell'enormità della sua missione in confronto alla limitatezza delle sue forze.

Don Liborio proveniva da una famiglia benestante e, contrariamente a molti suoi "colleghi" che venivano indirizzati al seminario per necessità, aveva scelto la strada del sacerdozio per pura e sincera vocazione. Aveva assunto il suo compito di pastore con l'esuberanza dei suoi vent'anni, convinto che sarebbe riuscito a prendersi cura del suo gregge con amore e dedizione e lo avrebbe consegnato intatto, anzi accresciuto, al suo padrone. Ma quell'impegno assunto ormai quasi quarant'anni prima ora gli sembrava molto più gravoso. Pensò che fosse perché si stava avvicinando il tempo di rendere conto al padrone del gregge; cosa gli avrebbe raccontato delle pecorelle affidategli e smarrite nei valloni, rubate dai briganti o ghermite dai lupi? Quelle rimastegli gli sembravano sempre meno e ciò gli procurava una devastante sofferenza.

Mentre si tormentava in questi pensieri la grande porta d'ingresso cigolò come al solito liberandolo, temporaneamente, da quel dubbio opprimente; erano mesi che don Liborio si prefiggeva di oliare i cardini dell'infisso, poi se ne dimenticava e il cigolio era sempre lì ad avvisare chi entrava e chi usciva. "In fin dei conti" pensò "può essere una buona cosa sapere quando entra qualcuno, specie quando sono in sacrestia". La scusa poteva essere buona ma non convinceva neanche sé stesso. La sistemazione della porta che cigola è uno di quegli innumerevoli piccoli interventi che si rimandano continuamente perché non sono veramente importanti e, comunque, richiedono elaborate spiegazioni per giustificarne il continuo rimando. La grande porta aveva cigolato ma don Liborio non aveva sentito la successiva e consueta eco di passi che dal pavimento sale su fino alle grandi volte della chiesa, gira per la cupola attraverso le immagini dei quattro evangelisti per poi ridiscendere fino a colpire le orecchie dei presenti, come se tutto questo tragitto anziché sottrarre potenza alle onde sonore ne avesse invece aggiunto. Alle sue orecchie non giunse nessun rumore di passi, pensò che forse era stato il freddo vento della Settimana Santa a muovere la porta. A fatica decise di girarsi facendo violenza al momento di rilassata pigrizia. Quello che vide appena oltre la porta lo sorprese più di quanto lo avrebbe sorpreso la vista dello stesso Arcangelo Gabriele. Saverio Grassi era accanto alla porta, indeciso se proseguire o se ritornare sul sagrato esterno della chiesa e ridiscenderne gli enormi gradini in pietra di Trani.

<Saverio Grassi, accomodati> disse don Liborio <non aver paura, questi muri hanno resistito ai terremoti e ai francesi, resisteranno anche alla visita di un miscredente>. Saverio non rispose e la cosa non sembrò priva di significato agli occhi del prete. L'uomo aveva l'aria di chi stava patendo le pene dell'inferno e il tono di don Liborio questa volta si fece subito serio e preoccupato.

<Saverio che succede? Mi sembri oltremodo angosciato. E' successo qualcosa di grave?>. Don Liborio gli mosse incontro, gli appoggiò paternamente un braccio sulla spalla e lo portò con sé in uno dei banchi. I due si sedettero. Saverio appariva eccessivamente e innaturalmente remissivo, muto, gli occhi

bassi e angustiati riflettevano una profonda pena interiore che spaventò il prete.

<Se devi riferirmi qualcosa di grave è meglio che ci spostiamo al confessionale> disse don Liborio con l'intenzione di tranquillizzare il suo ospite sulla segretezza che le sue rivelazioni avrebbero ricevuto.

<Possiamo restare qua> rispose a voce bassa Saverio. Don Liborio restò in silenzio per rispetto verso la volontà dell'uomo. Non voleva sollecitarlo a parlare, aspettava che questi fosse pronto a farlo spontaneamente.

<Don Liborio> iniziò con molta titubanza Saverio <voi ve la ricordate quella sera alla masseria Galasso>.

<Sì, me la ricordo> rispose il prete.

<Ditemi, voi cosa avete veramente visto quella sera?> chiese Saverio con la voce che gli tremava.

<Vedi Saverio, io realmente non ho visto niente e non preoccuparti se tu hai visto quello che si dice, come tutti gli altri. E' normale, non c'è niente di cui preoccuparsi. E' un fenomeno spiegato dalla scienza e chi ne è soggetto non è pazzo>.

<Non è questo. Il punto è…> rispose Saverio facendo una lunga pausa <il punto è che io non ho visto solo le stelle che formavano una corona. Io ho visto una … una signora sotto quella corona. Una signora vestita di bianco e di azzurro e con un piede sopra un serpente nel movimento di schiacciarlo>. Don Liborio sbiancò a quella rivelazione.

<Ne … ne sei sicuro?>.

<Sicuro come sono sicuro di vedere voi in questo momento. E non è tutto> Saverio sembrò acquistare una maggiore sicurezza nel raccontare la sua esperienza <la sera dopo, mentre tutti dormivano davanti la masseria ho visto, oppure ho sognato, ma ormai non so più quello che è sogno e quello che è realtà, un uomo che veniva da me, uno straniero, sembrava un contadino. Mi raccomandò di lavarmi il capo. In principio io non capivo

cosa volesse intendere. Mi disse di lavarmi il capo e dopo avrei capito chi lo mandava. Da quella sera, come se non bastasse, ho cominciato a sognare anche mia madre>. La voce di Saverio, a quel punto, fu rotta dall'emozione ma ormai aveva iniziato a svuotare la sua anima sconvolta e non poteva fermarsi proprio ora. <Tutte le volte che l'ho sognata mi appariva triste e angosciata più di quanto lo fosse mai stata durante la sua misera vita. Povera donna. Mi ripeteva in continuazione "*non ti abbiamo lavato il capo, Saverio, ti prego, lava il tuo capo. Fallo per te ma anche per me*". L'ho sognata almeno una volta a settimana fino a due notti fa. Ma il fatto che più mi ha sconvolto è successo la notte scorsa, spero veramente che si sia trattato di un sogno perché era talmente terribile che non poteva essere reale>. Qui Saverio iniziò a tremare, come se un improvviso colpo di tramontana lo avesse preso alla sprovvista.

<Ricordo bene che ero a letto e stavo per spegnere la lampada quando un uomo mi è comparso all'improvviso davanti senza che avesse aperto alcuna porta. Quando l'ho visto ho sentito gelarmi il sangue nelle vene, ho avvertito un freddo intensissimo ma alla fine ero sudato come fosse pieno agosto. "*Non dare retta a chi ti vuole male, non fare quello che ti dicono. Figlio mio non ascoltarli, vogliono circuirti, ti vogliono intrappolare. Ti giuro che piuttosto che lasciarti fare quello che ti dicono loro io ti affogo prima*". Poi una folata di vento gelido spense la lampadina come fosse stata una candela. Quando riuscii a riaccenderla l'uomo non c'era più ma la sua voce, gelida e tagliente come il rasoio di un barbiere, continuava a girarmi per la testa. Me la sento ancora nella mente quella voce, la sento anche in questo momento che continua a ripetermi le stesse parole>. Saverio fece una pausa nel suo racconto. Aveva necessità di raccogliere le forze per non crollare. <Ormai ho terrore di andare a dormire per non ripetere questi sogni. Don Liborio forse sto diventando pazzo. Cosa mi sta succedendo? Tutto do-

po quella notte. Io non ho più pace. Aiutatemi don Liborio perché ho paura di commettere una sciocchezza. Ma soprattutto che significa quel "*figlio mio*"? Sono forse veramente il figlio del diavolo? Perché quello era il diavolo, non è vero?>. L'uomo scoppiò in un pianto senza freni, appoggiò la testa sulla spalla del prete che lo abbracciò come si abbraccia un figlio. Lo tenne stretto come per infondergli quella forza di cui Saverio sembrava avesse un disperato bisogno.

Si avvicinava l'ora della Via Crucis e da lì a qualche minuto sarebbero arrivate le prime donne. Don Liborio accompagnò Saverio nella sagrestia e lo fece accomodare, gli disse di attenderlo per qualche minuto. Tornò in chiesa giusto mentre stava entrando Filomena Susca.

<Filomena, questa sera la Via Crucis la facciamo un po' più tardi. Appena arrivano le altre iniziate con il Rosario. Io sono in sagrestia, non voglio essere disturbato per nessun motivo>.

Don Liborio tornò da Saverio, chiuse bene la porta e, dopo avergli passato paternamente la mano sulla testa, si sedette nuovamente alla sua scrivania.

<Povero Saverio. Non farti coinvolgere anche tu da quelle stupide, insulse voci. Il tuo vero padre è in America o, almeno, pensiamo che sia ancora lì e spero che tu lo abbia ormai perdonato perché siamo tutti peccatori. Comunque, quello che mi hai raccontato mi ha lasciato senza fiato. Negli ultimi quattro mesi tu potresti aver avuto in visione la Vergine, un Angelo e, forse, il demonio. Per un ateo come te non è niente male. Tutto ciò è meraviglioso, Saverio, ma allo stesso tempo è terribile. Io non conosco quello che sta accadendo sulle nostre teste. Tra cielo e terra succedono cose che vanno molto al di sopra della nostra capacità di comprendere. Le forze del bene e del male sono in continua lotta senza che noi ce ne accorgiamo. Molti anni fa, ancora prima di Garibaldi, una donna che si diceva fosse una veggente e che vedesse e parlasse con gli angeli rac-

contò all'arciprete di allora di aver visto in questa chiesa, la sera del Venerdì Santo durante la celebrazione della Passione di Cristo, San Michele mentre combatteva con il demonio, propria nella cupola sopra l'altare. Le loro armi sfavillavano all'urto e il rumore della battaglia era assordante per le orecchie della povera donna. Lo scontro fu tanto terribile da farla svenire e rimase sconvolta per parecchi giorni ancora. Raccontò il fatto all'arciprete solo diverse settimane dopo. Ora, non è escluso che quella battaglia sia ripresa o, probabilmente, non è mai cessata. Ma non devi avere paura perché tu puoi scegliere. Nessuno, nemmeno il demonio, può impedirti di fare la tua scelta. Al tuo fianco hai un potente alleato, te lo ha detto lui stesso che è sempre con te, non aver paura di rivolgerti a lui come hai fatto con me>.

<Don Liborio> disse Saverio <io so di non essere battezzato; è quello a cui si riferivano prima lo sconosciuto contadino e poi mia madre. Fino a quella maledetta sera alla masseria questa mancanza non mi ha causato nessun problema. Ora sono confuso. Qualcosa al mio interno brucia come una fiamma che non si spegne e che mi procura un tormento continuo. Non ci capisco più niente. Cosa devo fare? Aiutatemi>.

<Figlio mio, io posso aiutarti solo se tu lo volessi realmente. La strada è lunga e non sarà priva di ostacoli ma, se vuoi, la possiamo percorrere insieme. Ora va, domenica prossima è Pasqua e io ti aspetterò. Se ti vedrò in chiesa io ti chiamerò per battezzarti. Ma devi essere tu a scegliere. Dopo possiamo intraprendere quel cammino insieme e stai sicuro che non ti lascerò a combattere da solo la tua battaglia>. Don Liborio si alzò, aiutò Saverio ad alzarsi a sua volta e lo abbracciò con forza.

<Coraggio figlio mio, pregherò per te, per tuo padre e per l'anima santa della tua povera madre. Ma tu cerca te stesso con tutta la forza che hai. Attento, però, ci vuole molto coraggio>.

Da quella sera Saverio non fece altri sogni né ebbe altre visioni angeliche o demoniache. Sembrava fosse stata stipulata una sorta di tregua fra le forze che se lo contendevano ma niente lasciava supporre che sarebbe durata per sempre e lui questo lo sapeva.

II

Mancavano ancora quattro giorni alla Pasqua e don Liborio sembrava particolarmente turbato dalla visita di Saverio Grassi.

Quel pomeriggio, dopo il rito della Via Crucis, celebrò la messa serale e si rinchiuse nella canonica. Non riusciva a non pensare a quanto gli aveva rivelato Saverio in una condizione di evidente, grande sconvolgimento interiore, il maggiore dei suoi avversari, colui che Filomena Susca aveva addirittura definito "l'anticristo". Stava riflettendo sul significato da attribuire alle visioni di Saverio, se potevano realmente farsi risalire a un progetto divino, forse un segno della Grazia che Dio stava elargendo a uno dei suoi figli, uno dei più bisognosi.

"Il libero arbitrio è legge divina. E' così che Dio ha creato l'uomo" pensava don Liborio mentre si interrogava se aveva fatto bene a lasciare Saverio libero di scegliere da solo la propria strada oppure se avrebbe dovuto approfittare del suo momento di debolezza per avvilupparne la volontà e sottrarlo agli artigli del male, conducendolo al battesimo Cristiano. "Ma", si chiedeva, "se Dio lascia l'uomo libero di scegliere tra il bene e il male qual è il significato della Grazia Divina? E perché si mostra prodigo verso qualcuno mentre non lo è verso altri?". Richiamò alla mente gli insegnamenti di Erasmo da Rotterdam sull'intervento decisivo della Grazia Divina, le tre tappe dell'azione umana nelle quali la Grazia interviene e l'esempio del bambino che voleva cogliere una pera da un ramo troppo alto per lui e dell'intervento di suo padre che lo sollevava fino a fargli raggiungere il frutto. In seminario gli avevano spiegato che il bambino rappresentava l'uomo, il frutto era la salvezza e il padre era Dio che, sollevando il bambino, lo aiutava con la sua Grazia a raggiungere la salvezza. Ma nulla sarebbe successo se non ci fosse stata la volontà del bambino di cogliere il frutto, nessun aiuto da parte del padre e, quindi, nessuna Grazia Divina né salvezza. Ed ecco, quindi, di nuovo il "libero arbitrio"; è sempre e solo l'uomo l'artefice della sua dannazione o della sua salvezza. Vide Saverio in quel bambino ma vide anche un maligno serpente sull'albero e si chiese perché Dio, che è amore assoluto e incondizionato, avesse permesso alla bestia di frapporsi fra Saverio e il frutto salvifico. Improvvisamente si sentì infinitamente piccolo davanti all'immenso mistero della misericordia divina; era come se i Santi e gli Angeli raffigurati nei quadri, affreschi e statue distribuiti in chiesa avessero improvvisamente preso a guardarlo con severità e gli risuonarono, come terribile ammonimento, le parole di Paolo di Tarso: "*O uomo, chi sei tu per disputare con Dio?*".

III

Nei giorni seguenti, pur senza ulteriori visioni, continuò il tormento interiore di Saverio che ormai non era più così sicuro delle posizioni che aveva, fino a quella sera di novembre, nei riguardi di Dio, della Chiesa e dei suoi ministri, compreso don Liborio.

La sera del Venerdì Santo era in casa, sdraiato sulla sua branda cigolante, e guardava il soffitto buio dal quale partiva, giusto al centro, un filo bianco al quale era appesa una lampadina spenta. Guardava il soffitto e rivedeva, come sul telo del cinematografo, le immagini della sera alla masseria Galasso, quella maledetta masseria che gli aveva a tal punto sconvolto la vita. Riascoltò il canto del Magnificat, anche se non ne ricordava le parole, e rivisse gli avvenimenti successivi in un susseguirsi d'immagini e situazioni che lo gettarono ancora più profondamente nello sconforto più assoluto. Si accorse che dalla strada provenivano strani rumori come una sorda mitraglietta che a tratti sparava brevi raffiche. Si affacciò alla finestra, mentre stava transitando la *Processione dei Misteri*, quella che, fino all'anno precedente, aveva considerato una ridicola pagliacciata. Stavano sfilando i *Mamuni* incappucciati, davanti alle confraternite, a scortare la statua dell'Addolorata e le altre sette statue raffiguranti la Passione: *Cristo alla colonna*, *Cristo con la corona di spine*, *Cristo con la canna*, *Cristo soccorso della Veronica*, *Cristo in croce*, *Cristo morto*, *la Pietà*. I giovani del paese, vestiti di nero come in un surreale e interminabile funerale, portavano a spalla le pesanti statue seguiti da giovani donne, anche loro completamente a lutto, a raffigurare lo strazio della Maddalena e delle altre donne per l'ingiusta passione del figlio di Dio. Ad intervalli irregolari la *trozzola* rompeva il cupo silenzio della processione a richiamare l'umanità alla sobrietà dei costumi e alla penitenza purificatrice, in particolare in quel periodo dell'anno così fondamentale nella tradizione Cristiana.

Saverio guardò la processione con occhi nuovi, avvertì la mestizia della rappresentazione come se lì, per la strada, si stesse realmente svolgendo il dramma universale che aveva visto il figlio di Dio farsi uomo tra gli uomini e condividerne le gioie, i dolori e scegliersi la più atroce delle morti. Quelle statue non gli apparivano più di freddo gesso ma carne sanguinante che urlava il proprio straziante sacrificio per la sua salvezza, proprio per lui che lo aveva sempre disconosciuto con disprezzo. Fino a quale punto Dio aveva amato l'uomo? E perché tanto amore riversato copioso sull'indegna progenie di Adamo?

Per la prima volta quella celebrazione lo fece riflettere. Aveva costruito la sua storia personale e politica su delle certezze che ora gli apparivano fragili come lo scheletro di un foglio di carta bruciata. Sentì urgente il bisogno di trovare dei riferimenti alla sua spasmodica ricerca di una risposta, qualcuno che almeno gli dicesse cosa e dove cercare. Già sapeva di non poter trovare delle risposte che nessuno gli avrebbe potuto dare, cercava solo un riscontro per giustificare la sua lacerante inquietudine. Si ricordò di un romanzo che aveva letto non molto tempo prima dove uno dei personaggi, un potente senza onore e senza Dio, in una notte tormentata come la sua, aveva visto una luce nella sua vita tenebrosa. Sentì l'impulso di rileggere quelle poche righe che raccontavano il pentimento dell'uomo. Aprì un baule che conservava sotto la branda e cercò fra i numerosi titoli che conteneva. "I promessi sposi di Alessandro Manzoni. E' questo". Cercò l'indice, capitolo venti, sfogliò rabbiosamente le pagine del libro come se tra quelle righe ingiallite si celasse, finalmente, la risposta ai dubbi che lo tormentavano.

Quel Dio di cui aveva sentito parlare, ma che, da gran tempo, non si curava di negare né di riconoscere, occupato soltanto a vivere come se non ci fosse, ora, in certi momenti d'abbattimento, senza motivo di terrore senza pericolo, gli pareva sentirlo gridar dentro di sé: Io sono però.

"L'innominato ecco chi era. Certo che era una gran bella carogna, come tutti i potenti". Un rigurgito di coscienza politica lo sfiorò, mentre rileggeva quelle parole che cominciarono a vorticare nella sua mente come mosche fastidiose che provi a scacciare ma ti ritornano più insistenti e più vicine. Per un attimo rabbrividì all'idea che potesse avere dei punti in comune con quell'oscura figura manzoniana.

"Io sono però. Nonostante le tue convinzioni, nonostante le offese continue. Io sono però. Anche se l'uomo vive come se io non ci fossi. Io sono però. Nonostante tutto e al di sopra di tutto". La sua mente sconvolta registrava frasi che le sue orecchie non udivano ma che riceveva come per un incomprensibile fenomeno telepatico. "Sono passato sotto la tua finestra, non nella gloria di un Dio ma inchiodato a una croce. Cercami dove c'è dolore perché io sono contadino per i contadini, muratore per i muratori, senza lavoro per i disoccupati. Uomo tra gli uomini".

La processione era ormai lontana, in fondo al corso e Saverio cadde stremato sulla branda, ora assalito da mille terribili fantasmi nella testa che gli urlavano e gli strappavano brandelli di coscienza con uncini acuminati. Vide i mobili della piccola stanza animarsi come spettri voraci e altri che si staccavano dai muri e si piegavano a soffocarlo in un abbraccio mortale. Ebbe freddo quando le gocce di sudore gli si pietrificarono gelide sulla pelle. Finalmente esausto si addormentò in un sonno profondo e vischioso come pece nera, mentre nella sua anima straziata riprese aspra e cruenta l'antica ed eterna battaglia tra le due forze contrapposte.

Dormì, dapprima di un sonno agitato, con decine di demoni che gli opprimevano il torace e lo stomaco provocandogli nausea e asfissia poi, improvvisamente, i fantasmi sparirono dissolvendosi come nebbia nel sole del mattino e dormì come ormai non gli capitava di fare da mesi, anni o come forse non aveva mai fatto, avvolto ora in un piacevolissimo torpore che lo rinfrancò e gli restituì una insperata serenità e nuove, sconosciute energie. Le voci che a lungo gli avevano squarciato la mente si erano alla fine quietate.

Si svegliò all'alba della domenica di Pasqua, aveva dormito per tutta la giornata precedente e appena sveglio pensò, appunto, che fosse sabato. Si ricordò che, per quel giorno, aveva promesso al cugino che lo avrebbe aiutato nel taglio dei finocchi per il mercato di Pasqua. Inforcò la sua Cimatti 50 e partì, tranquillo di trovare il cugino già nel campo. L'aria fresca sul viso gli infondeva una sconosciuta euforia e un piacevole senso di benessere. Si sentiva bene, tranquillo e sereno come lui non ricordava di essere mai stato.

La valle del Bradano si avvicinava rapidamente mentre il suo piccolo cinquanta tagliava le strette curve in discesa sfiorando le cunette ora piegandosi su un lato ora sul lato opposto. L'inaspettata euforia lo faceva andare più veloce di quanto lui facesse di solito e questo gli procurava piacevoli scariche di adrenalina che lo inebriarono in sensazioni mai provate.

Quando arrivò in pianura il sole era già alto. Avrebbe dovuto scusarsi col cugino per il ritardo. Arrivò al campo ma notò subito che i finocchi erano stati già tagliati e che non c'era traccia di suo cugino. Non riusciva a spiegarsi la cosa. Cominciò a girare per il campo e si affacciò sulla riva scoscesa del fiume dove normalmente il cugino nascondeva, agli occhi di eventuali malintenzionati, quello che raccoglieva nella giornata e che veniva successivamente a trasportare in paese. Sul vicino ponte che attraversava il fiume, a pochi metri dal campo di finocchi, stava transitando una FIAT 500 Topolino di colore verde. Luigino Giudice stava tornando dalla masseria Cantore dove nella notte aveva fatto nascere un puledro. Pensava di arrivare presto in paese, farsi un bagno e andare alla messa di Pasqua insieme alla famiglia. Ben avvolto in un telo pulito portava con se un agnello macellato e pulito per il pranzo. Prima di andare a messa avrebbe acceso il fuoco nel caminetto per preparare la brace.

Subito dopo aver attraversato il ponte la piccola 500 accostò e si fermò sul bordo della strada. Saverio stava scendendo giù per la riva del fiume verso l'acqua gelida che scendeva dalle montagne del Potentino. Luigino lo vide ma non capì quello che stava succedendo. Scese dall'auto e iniziò a correre in direzione del fiume chiamando a gran voce l'uomo, inorridì all'idea che forse Saverio si stesse suicidando, proprio il giorno di Pasqua. Saverio era già per metà nell'acqua mentre con le braccia cercava disperatamente un appiglio ai rami degli arbusti e degli alberi sulla riva. Sembrava che una forza misteriosa lo stesse attirando in un gorgo che la corrente stava impetuosamente alimentando in quel punto del fiume. Saverio perse l'appiglio e cadde completamente nell'acqua. Luigino si tuffò e cercò di trattenere Saverio, ormai totalmente in balia del fiume. Lo afferrò per il torace ma non riusciva a portarlo sulla riva. I piedi dell'uomo erano incastrati, inspiegabilmente, tra alcune radici sul fondo del fiume. Luigino lasciò la presa per un attimo e tornò a respirare, si rituffò nel tentativo di riuscire a sollevare Saverio verso la superficie ma, come braccia vive, le radici sembravano tendersi per avvinghiare con maggiore forza le gambe dell'uomo. Il livello dell'acqua non era molto alto ma sufficiente a tenere Saverio completamente sommerso. Questi si dimenava nel tentativo di liberarsi e vanificava lo sforzo del suo soccorritore che, a sua volta, veniva trascinato verso il fondo. Luigino stava per lasciare l'uomo disperando, ormai, di riuscire a salvarlo e temendo anche per se stesso quando una potente morsa afferrò il suo braccio, con una forza che a Luigino parve disumana. Luigino serrò la presa intorno al torace di Saverio ed entrambi si ritrovarono all'asciutto tra le canne, bagnati ed esausti ma finalmente fuori dall'abbraccio mortale del fiume. Luigino alzò lo sguardo verso la figura che gli stava davanti e alla quale doveva la sua vita e quella di Saverio.

<La mattina di Pasqua non è un buon momento per morire nel fiume> disse la potente voce di massaro Antonio, il capo massaro di don Riccardo Galasso.

<Massaro Antonio, non sai quanto sono felice di vederti> rispose Luigino.

<Ma come ci siete finiti nel fiume?> chiese il massaro.

<Ho visto Saverio che deve essere scivolato in acqua e ho provato a prenderlo ma senza il tuo aiuto non ci sarei mai riuscito>.

<Dio vede e provvede> disse il massaro mentre prendeva a risalire su per il pendio della riva e scomparire nuovamente e silenziosamente nella campagna.

<Stai bene?> chiese Luigino a Saverio.

<Credo di sì. Grazie dottore. Senza di voi ora sarei lì sotto e non mi avrebbero mai trovato. Ma perché massaro Antonio ha parlato del giorno di Pasqua, oggi non è sabato?>.

<No Saverio, oggi è domenica di Pasqua. Ma cosa è successo? Ti ho visto scendere in acqua come se ci stessi andando di proposito>.

<Veramente non so spiegare quello che mi è capitato> rispose Saverio <dapprima ho sentito la voce di mio cugino che chiedeva aiuto. Ho pensato che fosse scivolato nel Bradano. Poi all'improvviso la stessa voce mi ha detto che mi avrebbe affogato e mi sono ritrovato in acqua. Mi sentivo spinto come da un vento impetuoso al quale non riuscivo ad opporre resistenza. Quando ero in acqua mi sono sentito afferrare per i piedi e trascinare a fondo e più mi dimenavo e più la stretta aumentava>.

<Avevi i piedi incastrati tra alcune radici> rispose perplesso Luigino al racconto di Saverio <prima che massaro Antonio mi afferrasse il braccio ho seriamente temuto che stamattina qui si sarebbe consumata una tragedia. Ma cosa vuoi dire quando dici che hai sentito una voce? L'hai sentita veramente o l'hai immaginata?>.

<E' una lunga storia dottore> rispose Saverio <ve la racconterò un'altra volta. ...Ho perso una scarpa>.

<Non preoccuparti della scarpa. Hai rischiato di perdere molto di più. Comunque sbrighiamoci a tornare in paese per liberarci di questi abiti bagnati> disse Luigino <altrimenti ci becchiamo una polmonite e lo sforzo di massaro Antonio sarà stato inutile>.

<Sì, prendo subito la moto e torno in paese. Voi dottore state bene?>.

<Sì, sto bene anch’io. Quanto alla moto ti conviene lasciarla qui. E’ preferibile che tu torni in paese in macchina con me> rispose Luigino <a proposito, è meglio se questa storia non la raccontiamo in paese. Potrebbero nascere strane voci e conoscendo massaro Antonio sono sicuro che non ne parlerà con nessuno>.

<Avete ragione dottore. E’ sicuramente meglio non raccontare questa storia a nessuno>.

Luigino accompagnò Saverio a casa e rincasò a sua volta.

Quando Maristella lo vide arrivare bagnato e intirizzito come un pulcino gliene chiese il motivo:

<Cosa diamine ti è successo?> chiese preoccupata al marito.

<E’ lunga da spiegare> rispose Luigino <poi te ne parlo. Ora ho bisogno di asciugarmi perché temo che mi stia per arrivare un accidente>.

IV

Come da antica tradizione la resurrezione di Cristo era stata celebrata il mezzogiorno del Sabato Santo. Prima che arrivasse la corrente elettrica in paese era difficile organizzare il rito della resurrezione con le candele, per questo motivo si celebrava a mezzogiorno del sabato.

Per la domenica di Pasqua le chiese del paese avevano smesso i paramenti a lutto e sugli altari si levavano splendenti le statue del Cristo risorto. Le campane delle chiese erano state slegate e chiamavano a gran voce i fedeli alla messa solenne. La magnificenza dei marmi e degli affreschi della chiesa madre era tornata a splendere dopo la mortificazione richiesta dai giorni di lutto, con candele e luci spente e la nudità imposta al maestoso altare settecentesco. Sui due livelli dell’altare ora svettavano otto magnifici candelabri in argento e, nell’angolo sinistro del presbiterio, si ergeva come una colonna del Bernini, il cero pasquale, *Lumen Christi*, lucente faro per la Cristianità intera.

I banchi al lato destro dell'altare, che invadevano parte della navata laterale, erano occupati dalle famiglie dei galantuomini, antico privilegio di memoria borbonica, incomprensibilmente in uso anche in periodo di Repubblica. Sui banchi del lato sinistro, invece, erano seduti i componenti della congregazione della Madonna del Carmine, con le loro famiglie, che nella chiesa madre avevano la loro sede e ne svolgevano la funzione di custodi. Le quattro file centrali di banchi, separati da un ampio camminatoio, erano destinate ad accogliere la gente comune.

La domenica di Pasqua i banchi erano tutti occupati e molta gente attendeva in piedi l'inizio della solenne celebrazione. Don Liborio, uscendo dalla sagrestia, imboccò il corridoio dal fondo della chiesa e avanzava lentamente accompagnato da due concelebranti e otto chierichetti. Indossava una splendente casula color oro, recente omaggio di una facoltosa nobildonna che aveva chiesto di mantenere l'anonimato. Uno dei chierichetti faceva ondeggiare un pesante turibolo, appeso a quattro catene, che spandeva per la chiesa un odore acre e talmente pungente che qualcuno cominciò a starnutire. Il corteo avanzava lentamente con passo solenne mentre l'antico organo soffiava, quasi a fatica, nelle lunghe ed estenuate canne il *Surrexit Christus*.

Ai piedi del presbiterio il corteo s'inginocchiò dinnanzi alla statua del Risorto prima di risalire i due gradini che portavano all'altare. Il chierichetto passò il turibolo a don Liborio che iniziò ad incensare l'altare e la statua. Prima di restituire l'incensiere don Liborio ebbe un attimo di esitazione: dalla porta centrale vide entrare qualcuno per cui aveva pregato a lungo e non solo negli ultimi giorni. Saverio Grassi era entrato quasi in punta di piedi facendo attenzione a non far cigolare i cardini rugginosi della pesante porta di legno che, come per dispetto, fece risuonare per l'intera chiesa uno dei suoi gemiti più acuti, quasi ad annunciare solennemente l'arrivo del più improbabile, ma anche il più atteso da don Liborio, tra i fedeli. Saverio si guardò intorno per cercare l'angolo più nascosto dove andarsi a rifugiare ma il folto e sbigottito gruppo di persone che era davanti a lui, accortosi del suo ingresso, si aprì e lo lasciò passare. Saverio si vide costretto, quasi spinto, a percorrere quell'improvvisato corridoio umano che lo indirizzò verso il camminatoio centrale. Proseguì, suo malgrado, fino al primo banco dove gli fu procurato un posto. Aveva percorso il lungo corridoio con il cuore che gli batteva come la grancassa che mastro Ciccio faceva risuonare fra le strade del paese a dare ritmo e passo ai suoi compagni della banda. Saverio temette che tutti potessero ascoltare quel rimbombare cupo di battiti e si abbottonò la giacca nel tentativo di attutirne i colpi. Avanzava con lo sguardo basso e timoroso che, a molti, sembrò quasi penitente. Il silenzio nella chiesa fu assoluto mentre lo sguardo di tutti i presenti lo aveva seguito fino a quando non si fu seduto. Don Liborio, invece, aveva fatto finta di niente per evitare ulteriore imbarazzo all'uomo e aveva proseguito nella celebrazione della funzione ma, se si fosse potuto ascoltare anche il battito del suo cuore, probabilmente avrebbe superato quello di Saverio. Il sacerdote, nonostante l'apparente indifferenza, sembrava trasfigurato, quasi come Mosè con le tavole della legge, tanta era stata la gioia nel riconoscere quell'infelice che aveva varcato la soglia della sua chiesa. Forse la pecorella più disperata del suo gregge aveva ritrovato la via dell'ovile sconvolgendo dalla gioia il vecchio cuore del suo pastore.

La solenne funzione proseguì quasi normalmente. Durante l'omelia, particolarmente ispirata, il sacerdote non fece cenno a quella sperata partecipazione di Saverio Grassi. Al termine del sermone don Liborio guardò Saverio per comunicargli che era arrivato il momento di procedere al battesimo se questi aveva deciso di prendere il Sacramento. Saverio rispose con un impercettibile segno di consenso che solo don Liborio seppe interpretare. Gli occhi di don Liborio si illuminarono come le più splendenti delle stelle nel cielo d'estate, sembravano riflettere una gioia incontenibile che contagiò tutti i presenti. Evitando di enfatizzare eccessivamente il momento, don Liborio chiamò Saverio all'altare. Senza averne fatto cenno a nessuno, prima della funzione, don Liborio aveva preparato la fonte battesimale nella segreta speranza che avrebbe potuto farne uso. Alla professione di fede si alzarono tutti in piedi, Saverio fece come gli altri e, al cenno di don Liborio, si avviò verso il battistero. Don Liborio gli fece indossare una piccola pettorina bianca, di solito fatta indossare ai bambini, che a malapena passò attraverso la testa da adulto di Saverio. L'acqua battesimale lavò il capo di Saverio come l'acqua più limpida che sgorga da un sorgente di montagna e, allo stesso modo, rinfrescò la sua anima infuocata. I suoi tormenti si quietarono all'istante e un inesplorato senso di pace invase il cuore di Saverio quasi ad arrestarne il battito. Il silenzio assoluto e irreale che accompagnò la cerimonia venne interrotto, a un certo punto, da una voce che, ai più, sembrò provenire direttamente da uno dei quattro evangelisti situati alla base della grande cupola. Filomena Susca aveva nuovamente dato inizio al canto del Magnificat che risuonò nella grande chiesa con una forza e una potenza come intonata da un soprano lirico. Alla donna si unirono subito gli altri, compreso don Liborio che, per l'emozione, sbagliò alcuni versi dei quali, fortunatamente, gli altri non si accorsero.

Magnificat anima mea Dominum
Et exultavit spiritus meus in Deo salutari meo
Quia respexit humilitatem ancillae suae
Ecce enim ex hoc beatam me dicent omnes generationes

Quia fecit mihi magna qui potens est
Et sanctum nomen ejus
Et misericordia ejus a progenie in progenies
Timentibus eum
Fecit potentiam in braccio suo
Dispersit superbos mente cordis sui
Deposuit potentes de sede
Et exaltavit humiles
Esurientes implevit bonis
Et divites dimisit inanes
Suscepit Israel puerum suum
Recordatus misericordiae suae
Sicut locutus est ad Patres nostros Abraham et semini ejus in saecula.

La inusuale e, pur, mistica atmosfera aveva attraversato tutta la chiesa come il venticello profumato di fine maggio che soffia tra le ginestre in fiore e trasporta la delicata fragranza su per la collina, percorre le stradine del paese e ne distribuisce casa per casa. L'aria era densa di commozione, ci si aspettava solo che, da un momento all'altro, gli angeli raffigurati negli antichi quadri incorniciati sui muri della chiesa si levassero a cingere la testa di Saverio con una corona di alloro. La gioia, a quel punto ormai incontenibile, di don Liborio era palese a tutti e tutti ne parteciparono come a un banchetto nuziale. Alla fine della cerimonia ci fu un applauso generale in chiesa che don Liborio cercò invano, ma anche senza eccessiva convinzione, di fermare.

La messa pasquale del 1950 fu ricordata a lungo come una delle più intense e partecipate celebrazioni nella storia della chiesa madre e del paese.

10 – I conti Galasso.

Don Riccardo Galasso aveva deciso di ripristinare una antica usanza della sua masseria che era stata interrotta circa trent'anni prima dal padre, il conte Giovanni Galasso: la celebrazione della festa del "Lunedì dell'Angelo". Una improvvisa quanto catastrofica grandinata, verificatasi il giorno dopo la Pasqua, aveva distrutto gran parte del raccolto così, da quel giorno, il conte aveva decretato l'abolizione della festa nella sua masseria addebitando all'essere celeste, celebrato in quella giornata, la responsabilità della sua rovina. Aveva anche danneggiato abbastanza gravemente un affresco settecentesco, nella piccola chiesa della masseria, che ritraeva un Angelo nell'annunciazione a Maria; gli aveva sparato un colpo di fucile a pallini che aveva creato, su tutto l'affresco, piccoli buchi dai quali si erano distaccati frammenti d'intonaco. Sua moglie, la contessa Matilde, e tutte le donne della masseria avevano digiunato e pregato incessantemente per una settimana per espiare il sacrilegio perpetrato.

Don Riccardo era conte di nascita ma non permetteva a nessuno di chiamarlo con il titolo nobiliare perché detestava essere confuso in una categoria, che lui definiva, di fannulloni scialacquatori. Tra i tanti difetti che don Riccardo annoverava agli occhi dei suoi contadini sicuramente non c'era quello del perditempo. Aveva vissuto gli anni del liceo e dell'università di economia a Bari, città dal carattere levantino e mercantile, e da quella città aveva assorbito come una spugna la predisposizione al lavoro e agli affari, tipica degli abitanti del capoluogo pugliese, ne era impregnato fino al midollo e aveva preso a misurare la gente con cui entrava in contatto secondo il loro grado di laboriosità. Collocava abitualmente i suoi amici, conoscenti, i suoi contadini e tutti coloro di cui era in grado di misurare la predisposizione alla fatica in una propria, personale scala di valutazione che andava dal "vagabondo", al primo gradino, fino al "gran lavoratore". Il soggetto sotto esame poteva essere onesto o furfante, ricco o povero, colto, ignorante, simpatico, odioso, bello o brutto ma sul suo grado di laboriosità non si poteva transigere. In una occasione aveva rifiutato di fare affari con un ricco e conosciuto mercante di cereali di Bisceglie solo perché gli avevano riferito che, mentre era in corso la campagna di raccolta del grano, lui si trovava al mare con la giovane moglie e gli aveva mandato il suo segretario per concludere la compravendita di una partita di grano. Aveva rimandato indietro lo sbalordito segretario raccomandandogli di riferire al suo principale queste parole: "Chi vuole va e chi non vuole manda". Il segretario se ne tornò a Bisceglie ripetendo a memoria la massima dettatagli da don Riccardo per non dimenticarla cercando, nel frattempo, di capire cosa avesse voluto veramente dire ma, soprattutto, perché aveva rifiutato di accettare un assegno già firmato dal suo padrone sul quale dovevano solo indicare l'importo. L'affare, don Riccardo, lo avrebbe concluso il giorno dopo con uno scalcinato commerciante di un paese vicino che aveva visto arrivare con il proprio camioncino traballante, in una nuvola di polvere che lo aveva preceduto fino alla masseria e nella canicola di un mezzogiorno di luglio, grondando sudore da ogni poro come fosse appena schizzato fuori dall'inferno. Si portava appresso il proprio figlioletto di neanche dieci anni al quale, lui diceva, stava insegnando il mestiere. Portava il denaro avvolto in un fazzoletto che, non si sa se intenzionalmente o a causa di un disinvolto senso dell'igiene, ripugnava solo a guardarlo e, probabilmente, un eventuale ladro avrebbe fatto fatica a riconoscere come un facente funzione di portafoglio scambiandolo, piuttosto, con un cencioso e maleodorante fagotto. Don Riccardo rise a lungo alla vista dell'improvvisato contenitore e commentò divertito: <Merda nella merda>.

Un'altra volta aveva assunto un contadino solo perché, invece di andarlo a trovare nell'ufficio in paese per chiedergli lavoro, si era presentato in masseria, all'alba, dopo aver percorso circa dieci chilometri a piedi nella speranza che, per quella giornata, qualcuno dei mietitori non fosse disponibile. Benché tutti i mietitori fossero presenti don Riccardo prese con sé l'uomo che rimase alla masseria per lungo tempo.

Suo padre, di cui diceva di non averlo visto lavorare un solo giorno in tutta la sua vita, lui lo considerava addirittura fuori dalla sua personale scala di valutazione, senza la possibilità di esprimere alcun giudizio.

Don Riccardo, da giovane, amava girare nel porto di Bari perché affascinato dalle navi che imbarcavano grano del Tavoliere Foggiano e delle colline Materane per le più svariate destinazioni europee e mondiali. Si era appassionato alle teorie di Adam Smith, colui che viene considerato universalmente il fondatore dell'economia politica, e anche lui sosteneva che la ricchezza di una nazione dovesse essere misurata in funzione della quantità di grano prodotta e immagazzinata e della capacità di lavoro che un paese era in grado di produrre, piuttosto che delle sue riserve auree.

"Con l'inutile metallo giallo non si possono costruire navi o aratri, treni, trattori o automobili. Non ci si può fare il pane o il vino. Inutile come un culo senza buco". La colorita espressione rendeva molto chiaramente la sua personale interpretazione della teoria economica dell'illustre maestro.

II

Don Riccardo non aveva mai perdonato a suo padre l'avere quasi completamente dissipato l'antica fortuna della famiglia Galasso.

A fine Ottocento, quando il conte Giovanni ereditò la proprietà da suo padre il conte Riccardo, questa occupava una superficie complessiva di oltre tremila ettari e si estendeva su un territorio che andava dai confini tra le terre di Matera, Pomarico e Miglionico fino quasi a raggiungere il mare. Nei suoi ultimi anni di vita il nonno di don Riccardo, dal quale aveva ereditato oltre al nome anche l'intraprendenza e la passione per il lavoro, aveva fatto provvedere ad una parziale bonifica dei terreni paludosi che correvano lungo l'argine sinistro del Bradano fino alla pianura di Metaponto e a recuperarli per la semina del grano e dell'avena. Sulle terre in collina aveva fatto piantare settemila alberi di ulivi e mandorli e oltre trenta ettari di vigneto. La masseria occupava stabilmente oltre cinquanta persone tra contadini e pastori con più di duemila mucche e oltre cinquemila tra pecore e capre. Nei periodi di raccolto si formavano file anche di dieci, dodici carri che entravano ed uscivano dai magazzini della masseria a scaricare ricchezze e ogni ben di Dio. La masseria, con i locali per le famiglie dei dipendenti, era un piccolo villaggio completamente autonomo con magazzini, cantine e forni per il pane. C'era anche una chiesa per le funzioni domenicali a cui provvedevano, a turno, i frati del convento dei Cappuccini. L'unica struttura che mancava, e che il vecchio conte non aveva fatto in tempo a costruire, era un frantoio ma confidava, con scarsa convinzione però, che ci avrebbe provveduto il figlio Giovanni, quantomeno per rispetto verso la volontà del genitore. Il frantoio non fu mai costruito.

Circa dieci anni prima dell'ultima guerra don Riccardo aveva appena fatto in tempo a prendere in mano l'amministrazione di quello che restava dell'ingente proprietà dei conti Galasso, prima che il padre riuscisse a disfarsene completamente. Lo aveva fatto interdire senza neanche eccessivi sforzi, considerato la vita dissoluta che aveva condotto fino a quel momento e della quale tutti erano a conoscenza.

L'essere chiamato con il titolo di conte lo riportava dolorosamente indietro nel tempo a quando la famiglia era costretta a vendere importanti, e sempre più consistenti, parti della masseria, e della stessa storia della famiglia, per onorare le cambiali firmate dal padre agli usurai di Bari, Taranto e di mezza Puglia. Le prime cambiali si mangiarono il bestiame, i pastori e le loro famiglie che furono buttati fuori dalla masseria come vecchi stracci per il macero, dopo secoli di servizio alla masseria Galasso. Intere generazioni di pastori e contadini non avevano conosciuto altre terre se non quelle segnate dal corso del Bradano e dalle colline circostanti: boschi, aridi calanchi, macchie, canneti e fichi d'india, acque melmose e zanzare che ti succhiavano sangue e ti restituivano malaria. Quasi tutti erano nati in masseria o all'ombra di peri selvatici e lì erano morti dopo aver vissuto la loro esistenza tra quei muri di pietra e nidi di vipere.

Dopo le bestie toccò alle terre vicino al mare e, seguendo a ritroso il corso del Bradano, le terre prima bonificate dal vecchio conte Riccardo fino quasi alla masseria. Queste furono le prime che don Riccardo ricomprò quando rimise in sesto l'antica proprietà Galasso perché erano quelle che producevano il grano.

Tra i tanti motivi di risentimento che don Riccardo nutriva nei confronti del proprio "nobile" genitore, quello che probabilmente occupava il primo posto era la sua passione per le donne e i problemi che ne sarebbero derivati. Fino a quando sua madre, la contessa Matilde, poté godere di buona salute, riuscì ad imporre al marito un comportamento quanto meno discreto, le sue esuberanze carnali le andava a sfogare nei postriboli sull'Adriatico, lontano da occhi indiscreti che potessero testimoniare l'ulteriore fango che si andava accumulando sulla già putrescente onorabilità della famiglia.

Negli anni successivi la nobildonna fu afflitta da una grave malattia ossea che la costrinse su una sedia a rotelle per il resto dei suoi giorni e con la malattia che gradualmente si impossessava con spietata progressione anche dei rimanenti organi. Don Riccardo amava molto sua madre e negli anni aveva cercato di preservarla dalle turpitudini che suo marito andava accumulando tra tavoli da gioco, sottane più o meno costose e pseudo viaggi d'affari tra le più costose capitali europee. Ora pativa molto nel vederla sofferente e semiparalizzata mentre il padre, che invece avrebbe preferito su quella sedia a rotelle, godeva di ottima salute. Le aveva salvato la vita, molti anni prima, quando lui era ancora poco più che un bambino. La sua sorellina, di cinque anni, era morta a seguito del morso di una vipera nascosta nel fienile, mentre la bambina stava giocando con altri bambini della masseria. Sua madre piombò in uno stato di depressione talmente profondo da indurla a un tentativo di suicidio. Lui l'afferrò disperatamente per la vita mentre la donna stava per lanciarsi dal terrazzo della masseria. Solo la sua già notevole corporatura gli permise di riuscire a bloccare sua madre. I pianti strazianti e le implorazioni del piccolo Riccardo fecero desistere la donna da ulteriori tentativi e, in qualche modo, le fecero trovare la forza per superare il grave lutto. Quell'episodio segnò profondamente don Riccardo e stabilì un rapporto molto forte con la madre verso la quale cominciò a nutrire un profondo senso di protezione oltre che di smisurato affetto.

III

La ridotta mobilità della moglie, e la sua ormai impossibilità a gestire il decoro della famiglia, fece pensare al conte Giovanni che ormai poteva fare impunemente tutto quello che gli passava per la sua testa bislacca. Caddero i suoi freni inibitori, anzi cessarono di vigilare quelli stabiliti dalla moglie, così iniziò a indirizzare le sue attenzioni alle mogli e figlie dei pochi contadini che erano rimasti e qualcuna di queste afferrò al volo la possibilità di rivolgere a proprio vantaggio la situazione.

Rosa Malvoglio non aveva ancora diciotto anni, viso e presenza piuttosto sciatti e capelli di un rossiccio torbido che somigliavano in modo impressionante e definitivo a quelli di un commerciante ambulante di pettini, spazzole e cianfrusaglie varie che aveva frequentato la masseria diversi anni prima. Aveva iniziato a cercare marito da quando aveva quindici anni e si era offerta a chiunque avesse frequentato, anche solo per una volta, la masseria. Belli o brutti, giovani e vecchi purché la tirassero fuori dalle cimici che infestavano il suo materasso imbottito con le foglie secche del granturco. Dietro gli incoraggiamenti e gli astuti consigli di sua madre, donna oltremodo avida e profittatrice, decise di donarsi all'anziano conte e riuscì a restarci incinta. Chiese e ottenne che il conte l'assumesse al servizio della contessa sua moglie e, sentendosi legittimata a frequentare gli ambienti interni alla masseria come una di famiglia, assunse da subito un atteggiamento arrogante e pretenzioso nei confronti della sua padrona ormai resa quasi completamente inabile dalla malattia. Un giorno, rifiutandosi di aiutare la contessa nell'espletamento di una sua funzione organica e ignorando la tremenda forzatura alla propria dignità personale che questa doveva compiere nel chiedere e accettare un simile aiuto, le disse che lei non avrebbe più compiuto simili lavori e che pretendeva il rispetto dovuto a chi porta in grembo un Galasso. Ci mancò poco che alla contessa non venisse un accidente ad una tale rivelazione e immaginò subito che l'autore del misfatto fosse il figlio Riccardo. Quando la nobildonna chiese conto al figlio della nefandezza di cui si era macchiato, don Riccardo rimase ovviamente sorpreso e decise di chiarire immediatamente la questione con la donna.

Rosa Malvoglio era piacevolmente seduta sulla veranda della masseria assaporando la rassicurante vista del sole che calava dietro le colline di Pomarico e dei "suoi" contadini che si spaccavano la schiena per assicurarle un futuro da gran signora. Don Riccardo le si parò davanti minaccioso e imponente come un gigantesco orso infuriato che le oscurò improvvisamente e definitivamente la vista del tramonto e i suoi deliri da nobildonna.

<Cosa diavolo vai dicendo, stupida sguattera. Quand'è che io ti avrei messa incinta?> le urlò chinandosi su di lei e dandole l'impressione che stesse per azzannarla <e poi, come ti permetti di startene qui sul terrazzo nella sedia di madre>. La donna restò terrorizzata dalla furia di don Riccardo tanto da non riuscire ad alzarsi e scappare via come avrebbe voluto fare se le gambe fossero riuscite a sostenerla. Quell'uomo dal fisico imponente sarebbe sicuramente riuscito con estrema facilità a sollevarla di forza e buttarla giù dal terrazzo e, da come le aveva parlato, sembrava che fosse sul punto di farlo. Meditò il modo migliore per spiegare la situazione al suo padrone senza correre il rischio di irritarlo maggiormente e scatenare la sua ira violenta.

<Io non ho detto a nessuno che voi mi avete messo incinta> disse tremando come una foglia e con la boria da padrona di casa che le si era prudentemente ritirata sotto il vestito come una gattina impaurita.

<Come non lo hai detto a nessuno> le rispose don Riccardo sempre più irritato <se lo hai riferito a mia madre appena poche ore fa>.

<Io ho detto solo che porto in grembo un Galasso, non che siete voi il padre>. Don Riccardo rimase un attimo a pensare, gli stava balenando per la mente un'idea terribile e alla quale non aveva voglia di dare credito. Eppure era l'unica spiegazione possibile.

<E allora chi sarebbe il padre?> le chiese temendo una risposta che arrivò spietata come una coltellata nel fianco.

<E’ il signor conte vostro padre> gli rispose la donna, tremando sempre di più e in preda ad un attacco di singhiozzo che le durò fino alla mattina seguente e che la madre cercò inutilmente di curare con decotto di bietole amare e cardi selvatici.

<Se riveli la cosa a qualcuno io ti ammazzo con le mie mani, te e il bastardo che ti porti appresso>. Don Riccardo sembrava una belva impazzita pronta a scattare da un momento all’altro facendo scempio della propria vittima. Faceva avanti e indietro sulla terrazza pensando a come risolvere la situazione creando il minor danno possibile. L’arrivo di un fratello, anche se illegittimo, avrebbe innescato una serie di problemi che in quel momento non aveva né la voglia né la lucidità necessaria per analizzare. Inoltre la notizia avrebbe sicuramente ucciso la madre senza pensare allo scandalo e al definitivo colpo alla reputazione della famiglia. La donna restava seduta sulla sedia che, a questo punto, non sembrava più tanto confortevole quanto lo era stata qualche minuto prima, ma non poteva allontanarsi perché era rimasta paralizzata dalla paura. Iniziò a piangere e a rinnegare sua madre che l’aveva spinta tra le flaccide braccia del vecchio conte intravedendo l’occasione della vita, quella che avrebbe permesso ad entrambe di salire ai piani superiori della masseria. Don Riccardo, da parte sua, continuava ad imprecare e maledire il sangue marcio che scorreva nelle sempre più sclerotiche vene delle stirpi nobili d’Europa. Alla fine prese una decisione: agli occhi della madre avrebbe assunto la colpa su di sé e doveva convincere la donna, con le buone o con le cattive, a disfarsi del bambino. Disse alla donna di tacere la cosa fino a quando lui lo avesse ritenuto necessario e, nel caso sua madre la contessa glielo avesse chiesto, avrebbe detto che il padre era lui. Rosa Malvoglio giurò che avrebbe taciuto e che, nel caso, alla contessa avrebbe detto come gli era stato or-

dinato. Don Riccardo, per prima cosa, andò da sua madre e sostenne la menzogna ammettendo la sua colpa.

<Madre, vi chiedo perdono, ma ho deciso comunque di trovare una soluzione al problema>.

<Non pensare neanche lontanamente di liberarti del bambino> le ordinò perentoriamente la madre, religiosissima devota alla Madonna <è peccato mortale ed esporrebbe la nostra famiglia anche alla dannazione eterna oltre ai patimenti e alle sofferenze che abbiamo dovuto subire sulla terra grazie a tuo padre>. Don Riccardo pronunciò sotto voce una serie di imprecazioni che da sole avrebbero potuto dar fuoco alla masseria e che non sfuggirono all'orecchio attento della madre ma che fece finta di non aver sentito.

<No madre, state tranquilla, non ho intenzione di sbarazzarmi del bambino che non ha colpe. Ma state sicura che mi assumerò le mie responsabilità>.

<Ma, dico io> riprese la madre <dopo tutte le belle ragazze, anche di buona famiglia, che si sono fatte avanti per te proprio quella ...>.

<Madre> interruppe don Riccardo perché temeva di non riuscire a sostenere per molto la farsa <ero ubriaco>.

Don Riccardo affrontò il padre con una determinazione feroce, deciso a risolvere definitivamente i problemi che il genitore aveva procurato alla famiglia e, soprattutto, a sua madre. Lo mise davanti a una dura scelta: chiudersi in masseria e non farsi più vedere in giro oppure andare via per sempre senza ricevere un solo centesimo per vivere costringendolo, in vecchiaia, a trovarsi un'occupazione per mantenersi. Ovviamente il vecchio conte scelse la prima soluzione e, di lui, non si sentì più parlare. Lo si vedeva qualche volta sulla veranda della masseria a guardare quella che, nonostante lui, stava lentamente tornando una delle più importanti proprietà terriere della zona.

Don Riccardo, esclusa ormai la soluzione dell'aborto, meditò lungamente su come risolvere il problema della gravidanza di Rosa Malvoglio, se necessario sarebbe stato disposto anche a sposarla pur di non far scoppiare lo scandalo. Alla fine decise di chiedere consiglio all'unica persona cui avrebbe potuto dare ascolto. Don Liborio lo ricevette nel confessionale come gli era stato chiesto da don Riccardo.

<Adesso sapete come stanno le cose, don Liborio, ma sono deciso ad assumermi una responsabilità che non mi competerebbe ma che è necessario che io mi assuma>.

<Benedetto figliolo, tu non hai nessun obbligo personale nei confronti di quella sciagurata, forse ne avresti nei confronti del bambino che, comunque, sarebbe tuo fratello. Sposare Rosa Malvoglio sarebbe un gesto nobile da parte tua ma tale unione non avrebbe il cemento sufficiente a tenerlo saldo a lungo. Prima o poi, diciamo pure subito, ti stancheresti e probabilmente cercheresti altrove quello che non riusciresti a trovare nella tua camera da letto. Questo sarebbe anche peggio perché ricordati che un matrimonio celebrato davanti al Signore è un impegno preso al suo cospetto e va mantenuto. I finti matrimoni si celebrano a teatro, non in chiesa. L'atto riparatore dovrebbe compierlo tuo padre ma, come sai, da queste parti non è permessa la poligamia. Pensaci bene. A mio modesto parere la tua famiglia avrebbe una responsabilità nei confronti del bambino che dovrebbe crescere potendo contare su un sostegno di mezzi e di affetto come sarebbe giusto. Oltre questo non posso dirti>.

<E allora cosa devo fare? Sposarla no, farla abortire non ne parliamo, cos'altro mi resta da fare, dare una picconata a lei e al vecchio maiale così risolviamo il problema alla radice?>.

<Non ho una risposta a questo. Solo una cosa posso dirti, ricordati che l'unico innocente è il bambino>.

<Don Libò, neanche io c'entro niente>.

<So che in questa storia non c'entri niente ma non posso considerarti proprio un innocente. Aspetto con ansia una tua confessione, ricordati che non ti confessi dalla tua Prima Comunione>.

<Va bene don Libò, adesso non è il momento di pensare alla mia anima. Comunque prenderò presto una decisione. Grazie per il tempo che mi avete dedicato>.

Don Riccardo decise di non sposare Rosa Malvoglio e la mandò via in una cittadina pugliese, di cui non rivelò il nome a nessuno, neanche alla madre, garantendole una rendita mensile che avrebbe permesso a lei e al bambino, fino alla maggiore età, una dignitosa esistenza. Tutto questo succedeva circa venti anni prima, nel frattempo erano morti entrambi i suoi genitori.

Durante la guerra don Riccardo era riuscito ad approfittare delle favorevoli condizioni che i periodi bellici, da sempre, riservano ai furbi e agli scaltri. Il contrabbando di grano, che produceva direttamente o acquistava in giro per le campagne della Basilicata e della Puglia, gli aveva reso una fortuna con la quale era riuscito in parte a riacquistare le proprietà svendute da suo padre. Dopo la guerra la proprietà era ormai salva e la masseria aveva riacquistato gran parte dell'originaria estensione. Erano tornati contadini e pastori e la masseria aveva ripreso a vivere. Agli occhi dei suoi concittadini don Riccardo aveva conquistato una grande reputazione per essere riuscito a salvare la famiglia dal baratro in cui il vecchio conte Giovanni l'aveva indirizzata anche se, spesso, si erano chiusi entrambi gli occhi sul modo in cui l'impresa gli era riuscita.

11 - Il lunedì dell'Angelo

In occasione del ripristino della festa abolita dal genitore, don Riccardo aveva fatto portare fiori e candele come non si erano mai visti nella piccola cappella della masseria. Dopo Natale don Riccardo aveva deciso di restaurare completamente la cappella e aveva fatto venire una squadra di muratori che avevano risistemato il tetto e l'intonaco esterno che fu completamente tinteggiato con calce bianca. Qualche settimana dopo aveva fatto restaurare anche l'interno e gli affreschi che ornavano i muri laterali della piccola chiesa, in particolare l'affresco dell'Angelo preso a schioppettate da suo padre.

Quasi in fondo al muro a sinistra e in corrispondenza dell'altare, era raffigurata la Vergine Maria, vestita di un abito bianco sotto un velo azzurro, posta in piedi sul globo terrestre e con un piede sulla testa di un serpente. Sul capo aveva una corona di dodici stelle. Il giovane pittore, fatto venire da Bari per il restauro degli affreschi, non aveva trovato nulla da ritoccare sulla sacra immagine della Vergine, i colori vivi e splendenti sembravano essere stati pennellati solo da qualche settimana. Gli toccò solo ripulire l'immagine dalla polvere e ritoccare con lo stucco piccole crepe che si erano create nell'intonaco bianco nell'arco di oltre due secoli. Meravigliato dalla perfetta tenuta dei colori dell'affresco, il giovane aveva chiesto a don Riccardo se, da qualche parte nella masseria, avesse trovato le bozze originali dell'affresco e, con queste, il tipo di colore usato dal pittore: <decisamente un lavoro di abilità e grande conoscenza dei colori se hanno resistito più di duecento anni in queste condizioni. Sembra dipinto solo da qualche mese> disse a don Riccardo. Gli altri affreschi, invece, necessitarono di un lavoro decisamente più impegnativo per il restauro ma, alla fine, il risultato sembrò più che soddisfacente.

La piccola campana della cappella privata aveva iniziato a suonare alle otto e trenta, avrebbe risuonato dopo un quarto d'ora e, cinque minuti prima dell'inizio della funzione, avrebbe battuto una serie di rintocchi molto ravvicinati per l'ultimo richiamo a contadini, pastori e alle loro famiglie. Don Liborio era stato invitato a celebrare la funzione religiosa. L'anziano arciprete non era mai entrato nell'antica cappella della masseria perché il conte Giovanni non lo aveva mai invitato, a causa dei frequenti e severi rimproveri che don Liborio non gli risparmiava e perché, successivamente, la chiesetta era rimasta pressoché chiusa e inutilizzata per più di venti anni. Erano decenni che don Liborio desiderava visitare la piccola chiesa perché si raccontavano meraviglie sui suoi affreschi e sui pregiati stucchi che ornavano il muro dietro il piccolo ma ricco altare. Finalmente si presentava l'occasione per quella visita tanto desiderata ma sempre negata. Don Riccardo aveva fatto lucidare e rimettere a posto gli antichi candelabri in argento che ora scintillavano ai lati dell'altare e sulla sua sommità. Fu rimesso al suo posto anche un magnifico crocifisso, anch'esso d'argento massiccio che, come i candelabri, era stato custodito all'interno dell'abitazione. La piccola chiesetta di campagna riacquistò il suo antico e mistico splendore. Mezz'ora prima della funzione don Liborio era alla masseria, fatto prelevare in auto dal suo ospite. Anche Luigino Giudice e la sua famiglia erano stati invitati alla funzione religiosa, che rappresentava una seconda inaugurazione della chiesetta e la rinascita della masseria dopo i decenni di degrado e di abbandono, e alla festa che si sarebbe tenuta successivamente per l'intera giornata.

Prima della funzione don Liborio entrò nella chiesetta, si inginocchiò sulla porta d'ingresso e rimase realmente meravigliato dalla bellezza del piccolo luogo sacro. Si incamminò verso l'altare e qui ebbe una folgorazione. Sulla parete alla sua sinistra vide l'affresco che ritraeva la Vergine, era uguale alla visione che Saverio Grassi gli aveva confessato di avere avuto sullo scorcio di cielo proprio sopra la piccola chiesetta "... *Io ho visto una ... una signora sotto quella corona. Una signora vestita di bianco e di azzurro e con un piede sopra un serpente nel movimento di schiacciarlo*". Sembrava che, in quella incredibile notte, la Signora fosse uscita dalla chiesa e si fosse palesata a Saverio in tutta la sua magnificenza sullo sfondo di un meraviglioso cielo stellato. Don Liborio cadde pesantemente in ginocchio come se le forze gli fossero mancate improvvisamente. Don Riccardo, che lo accompagnava, assisté alla scena e non capì quello che stava accadendo, pensò che don Liborio si stesse sentendo male ma, vedendolo come in una condizione di estrema prostrazione, non volle disturbarlo. In quel momento nella chiesa entrarono Luigino Giudice e Maristella e anche loro, in principio, credettero a un malore del prete ma poi lo videro orante ai piedi dell'immagine e si tranquillizzarono. Don Liborio rimase in quella posizione per dieci minuti buoni che, ai presenti, parvero un'eternità.

"Sono un asino, mio Signore, indegno della missione che mi hai affidato. Tu ci hai mandato la Vergine Immacolata per illuminarci e io non l'ho riconosciuta. Ho anche testimoniato contro l'apparizione e infranto il cuore di una pia donna e dei miei confratelli. Invece dovevo tacere perché tu, giustamente, mi hai ritenuto indegno di partecipare al prodigio".

Nonostante l'evidente turbamento di don Liborio la messa si tenne regolarmente così, dopo la funzione religiosa, ci fu festa alla masseria con la partecipazione degli ospiti, dei lavoratori con le loro famiglie. Dopo il pranzo don Liborio chiese al suo ospite di essere subito riaccompagnato in paese accampando impegni inderogabili. In paese don Liborio cercò Saverio Grassi, lo trovò a casa, naturalmente da solo e la cosa non dispiacque al prete perché aveva questioni delicate da sottoporgli.

<Saverio, dimmi, sei mai stato nella piccola cappella della masseria Galasso?>.

<No, don Liborio. Non ho mai messo piede oltre il cancello della masseria, ne sono sempre rimasto fuori. Perché mi fate questa domanda?>.

<Niente, chiedevo così per sapere se avevi mai visto i magnifici affreschi che si trovano nella chiesetta. Stamattina ho celebrato lì la messa del lunedì dell'Angelo e, per la prima volta, ho visitato la piccola cappella. Ti dispiacerebbe venire con me domani mattina? Vorrei mostrarti qualcosa>.

<Don Liborio, io non sono esperto d'arte e men che meno di arte sacra. Dovreste cercare qualcun altro se volete un'opinione sugli affreschi>.

<Non è un parere artistico che voglio, figurati se lo venivo a chiedere a te. Vorrei solo mostrarti qualcosa>.

<Come volete, spero solo che don Riccardo sia d'accordo, sapete che tra noi non corre buon sangue. L'ultima volta che ci siamo visti mi ha minacciato duramente e non vorrei che se ne ricordasse>.

<Non preoccuparti di don Riccardo, ci penso io a lui. Piuttosto come possiamo raggiungere la masseria?>.

<Beh! Io ho il mio "cinquanta". Per portarci in masseria potremmo farcela ma non credo che riuscirà a riportarci su in paese>.

<Va bene, troverò io un passaggio per entrambi. Tu fatti trovare in piazza alle nove>.

Don Liborio aveva già in mente a chi chiedere un passaggio ma avrebbe trascinato Saverio anche a piedi. La questione andava affrontata e risolta il primo possibile perché aveva cominciato a tormentarlo come un fastidioso mal di denti e sapeva già che quella notte non avrebbe dormito.

II

Dopo la messa mattutina don Liborio era allo studio di Luigino Giudice.

<Don Liborio, avete dormito stanotte? Dall'aspetto che avete mi sembra che l'abbiate trascorsa in piedi>.

<Caro Luigino, hai proprio ragione, ho fatto avanti e indietro nella canonica per tutta la notte, ma non è per questo che sono qui. Perdonami se ti chiedo un piccolo favore ma posso chiederlo solo a te che eri con me quella notte alla masseria Galasso>.

<Cosa posso fare per voi?> rispose Luigino.

<Dovremmo tornare alla masseria insieme a Saverio Grassi e ci dovresti dare un passaggio con la tua auto>.

<Non c'è problema, don Liborio. Piuttosto, ieri mi siete sembrato molto turbato alla masseria. Vi ho visto quasi in trance sotto l'immagine della Madonna. E poi siete scappato via subito dopo pranzo, non è da voi. In genere vi piace trascorrere qualche ora in compagnia>.

<Ti spiego tutto dopo. Adesso passiamo a prendere Saverio>.

Saverio Grassi entrò con qualche difficoltà sul sedile posteriore della piccola cinquecento ma, quando furono in masseria, dovette compiere ulteriori e più impegnative acrobazie per discenderne. Don Riccardo non era in masseria e questo rendeva le cose più semplici in quanto evitava di fornire complicate spiegazioni. Luigino e don Liborio erano sufficientemente conosciuti da poter chiedere che li si facesse entrare nella cappella senza difficoltà. Don Liborio disse a un massaro che doveva solo recuperare qualcosa che aveva dimenticato il giorno prima. Benché normalmente la chiesetta fosse chiusa il massaro non faticò a recuperare la chiave e a far entrare i visitatori, ma ebbe qualche difficoltà a capire cosa ci facesse Saverio Grassi lì con Don Liborio e Luigino Giudice.

I tre entrarono nella chiesetta, don Liborio guidò Saverio vicino l'altare e gli mostrò l'immagine della Madonna sulla parete alla sua sinistra. Saverio guardò l'immagine e rimase stupefatto. Passarono alcuni minuti di silenzio prima che l'uomo si riprendesse dalla sorpresa.

<Anche se sono passati alcuni mesi quell'immagine ce l'ho impressa nella memoria come se l'avessi avuto sempre sotto gli occhi, come una fotografia e ora la vedo di nuovo davanti a me. È esattamente come me la ricordo da quella sera. Don Liborio, non capisco>.

<Saverio non preoccuparti. Capisco io anche se sono un asino e per di più cieco. Ecco, Luigino, può esserci qualcosa di peggio di un asino cieco?>.

<Non lo so, don Liborio, però vorrei capirci qualcosa anch'io visto che sono qui> rispose Luigino.

Quello stesso giorno don Liborio chiese udienza al Vescovo di Matera per questioni della massima importanza.

III

La sera prima, al termine della festa alla masseria Galasso, era successo qualcosa di cui nessuno degli ospiti si era accorto ma che avrebbe sconvolto profondamente la vita di don Riccardo.

Era quasi buio ormai, quando al cancello della masseria si era presentato un giovane con la divisa militare e una pesante sacca sulle spalle. Aveva attraversato il cancello, aperto per la festa, e aveva chiesto di don Riccardo. In realtà, al contadino che gli era andato incontro, il giovane aveva chiesto del conte Galasso ignorando la repulsione di don Riccardo per quel titolo, circostanza della quale venne messo immediatamente a conoscenza.

<Ehi uagliò, non ti permettere di chiamare don Riccardo col titolo di conte, quello è capace di prenderti a bastonate e di rimandarti da dove sei venuto senza neanche ascoltarti>.

<E perché non vuole essere chiamato conte?>.

<Non sono fatti tuoi e neanche miei. Tu chiamalo solo don Riccardo>.

Il giovane era di statura alta e, nonostante l'aspetto molto stanco e dimesso, appariva robusto e in buona salute. A giudicare dall'abbigliamento e dal bagaglio che portava con sé doveva essere un ex militare fresco di congedo. I chilometri che doveva aver percorso a piedi gli si leggevano tutti negli occhi stanchi e arrossati per la mancanza di sonno. Lo sguardo malinconico, invece, rivelava un dolore recente, una di quelle sofferenze che neanche la giovane età riesce a digerire agevolmente e in poco tempo. Il giovane appoggiò la pesante sacca per terra e ci si sedette sopra appoggiando le spalle alle pietre del muro di cinta della masseria. I cani vennero ad annusarlo, gli girarono da un lato all'altro e poi, probabilmente impietositi, se ne andarono senza abbaiare. Tornò il contadino per avvisarlo che don Riccardo ci avrebbe messo un po' per arrivare in quanto c'era una festa in masseria e gli ospiti stavano per andare via. Quando arrivò davanti al giovane, lo trovò addormentato, seduto sulla sua sacca e con la testa che gli cadeva da un lato.

<Uhe, uagliò> gli disse prima a bassa voce e poi, visto che il ragazzo non si svegliava, con un tono più alto.

<Sì! ... Sì!> gli rispose il giovane svegliandosi di soprassalto e con l'espressione smarrita di chi non sa dove si trova.

<Don Riccardo ci metterà un po' prima di arrivare perché sta salutando gli ospiti> disse il contadino <oggi abbiamo fatto una festa grande in masseria>.

<Ah sì? E cosa avete festeggiato?>.

<Oggi è la festa dell'Angelo> gli rispose il contadino <e poi abbiamo inaugurato di nuovo la chiesa>.

<Se era già consacrata perché l'avete inaugurata di nuovo?> chiese il ragazzo.

<Perché dopo tanti anni, sono più di venti ormai, la masseria è ritornata a vivere. Anche la chiesa è stata chiusa per tutti questi anni, così don Riccardo l'ha voluta restaurare e oggi, dopo tutto questo tempo, si è celebrata di nuovo una messa. Devi sapere> proseguì l'uomo che, evidentemente, aveva trovato in simpatia il ragazzo <che la buonanima del conte Giovanni aveva sparato all'Angelo nella chiesa e, da allora, non si fece più la festa della pasquetta>.

<Come!> chiese incuriosito il ragazzo <il conte sparò all'Angelo nella chiesa?>.

<Sì, non all'Angelo vero, al disegno sul muro>.

<Ah! … a un affresco. E perché?>.

<E' lunga da raccontare> rispose l'uomo accorgendosi di avere dato forse eccessiva confidenza al giovane sconosciuto e recuperando, infine, la sana diffidenza contadina <comunque tu chi sei? E perché vuoi incontrare don Riccardo?>.

<Sono un lontano conoscente e voglio parlargli>.

<Vabbuò! Vieni ad aspettarlo sotto il portico. C'è una panca più comoda del tuo sacco>.

Il ragazzo sistemò la sacca su un lato della panca e si sdraiò con le lunghe gambe che, all'altezza del ginocchio, penzolavano dall'altro lato. Come era facile attendersi si riaddormentò nuovamente.

Quando finalmente arrivò don Riccardo lo trovò sprofondato in un sonno tale che non sarebbero riusciti più a svegliarlo neanche con delle bordate di artiglieria.

<Beato lui> commentò don Riccardo che da anni, ormai, non riusciva a dormire più di due ore di fila. Gli fece portare delle coperte e lo lasciò dormire tranquillo, lo avrebbe ricevuto la mattina seguente.

All'alba uno spicchio di luna era ancora appeso sopra l'orizzonte ma la masseria era già sveglia da un paio d'ore perché massari e pastori avevano munto gli animali e stavano uscendo per il pascolo. Anche i contadini erano già in cammino per raggiungere i campi. Uomini e animali sfilavano attraverso il vecchio cancello e i primi si domandavano chi fosse quel pezzo di marcantonio che dormiva sotto il portico. Quando i campanacci dei montoni gli passarono accanto il giovane si svegliò e ci mise qualche minuto prima di rendersi conto di cosa ci facesse nel bel mezzo di un gregge di capre, pecore e montoni. I cani tornarono di nuovo ad annusarlo distrattamente e senza perderci troppo tempo visto che l'avevano già fatto la sera prima. Dopo qualche minuto di fitto calpestio la masseria si svuotò di bestie e uomini e vi rimasero solo le donne, mogli e figlie, e qualche bambino che ancora dormiva. Il ragazzo si alzò e stiracchiò a lungo gambe e braccia accompagnando le operazioni con dei robusti sbadigli. Quando sembrò completamente sveglio una vecchia gli portò una scodella di latte appena munto e una fetta di pane.

<Grazie!> le disse il giovane. La donna rispose solo con un cenno della testa e tornò di corsa in quella che doveva essere la sua abitazione, tra i locali al piano terra della masseria, dove la attendevano tutte le altre donne, curiose di conoscere l'impressione che quel ragazzo le aveva fatto.

<E' un bel ragazzone alto quasi come il padrone, mi ha ringraziato> disse la vecchia visibilmente ben impressionata dalle fattezze del giovane <chissà chi è e cosa vuole dal padrone>.

<Sicuramente non è del paese> disse un'altra.

<Forse è un parente di don Riccardo> rispose un'altra donna <ma sicuramente non è di qui>.

<Magari è venuto a stare con don Riccardo> disse con lo sguardo trasognato la giovane figlia di una di loro.

<Non farti strane idee tu> le rispose prontamente la madre <e vai a casa a svegliare tuo fratello perché dobbiamo cominciare a cagliare>.

Don Riccardo, come tutte le mattine in cui era in masseria, si era svegliato molto presto, insieme ai massari e ai pastori e aveva seguito tutte le operazioni di preparazione alla nuova giornata di lavoro dalla sua veranda. Quella mattina era sceso prima del solito e si era fermato in uno dei magazzini per poter osservare e studiare il giovane ospite. Restando seminascosto lo vide svegliarsi, recarsi fuori dalle mura della masseria tra le piante dei fichi d'india, a espletare una veloce funzione fisiologica e rientrare con premura. Lo osservò mentre faceva colazione con il latte e il pane che gli aveva portato una delle donne e notò come, pur essendo sicuramente affamato, raccoglieva il pane spezzettato nel latte, con una calma quasi educata, senza nessuna foga che sarebbe stata pure giustificata. Quando il ragazzo ebbe terminato la colazione portò la ciotola vuota con il cucchiaio su uno sgabello vicino alla porta in cui la donna era entrata. In quel momento una delle donne stava uscendo dalla stalla con un capiente secchio pieno di latte fino all'orlo e il ragazzo si affrettò ad aiutarla e a trasportare, per lei, il pesante contenitore. La cosa non passò inosservata a don Riccardo che continuava a studiare il ragazzo dal suo posto di osservazione. Quando ritenne di aver visto abbastanza don Riccardo risalì, non visto, nella sua abitazione e fece il suo ingresso sulla scena dalla imponente scalinata esterna della masseria. Il ragazzo lo vide arrivare con un elegante vestito grigio di lana, panciotto e cappello bianco avorio. Nella mano destra impugnava un bastone con il manico che luccicava come fosse d'argento. Don Riccardo scese le scale con tranquillità lasciando, al suo ospite, il tempo di osservare la sua importante figura e la sua ostentata sicurezza. Il ragazzo osservò don Riccardo con atteggiamento rispettoso ma senza alcun timore reverenziale; anche lui era abituato a guardare il resto dell'umanità dall'alto in basso, compresi molti dei suoi ex ufficiali. Quando il padrone di casa gli fu davanti si presentò:

<Sono don Riccardo Galasso, volevi parlarmi?>.

<Io mi chiamo Luca, Luca Malvoglio>.

IV

La giornata era grigia e prometteva qualche goccia di pioggia mista a nebbia, non di più. Una di quelle giornate fastidiose in cui non piove veramente ma infastidisce, comunque, l'umidità eccessiva che ti penetra nelle ossa e ti risveglia vecchie ferite e nuovi reumatismi.

Don Riccardo fece accomodare il suo ospite nel suo studio, sulla sedia dall'altro lato della scrivania. Quel cognome lui lo ricordava bene, da oltre venti anni lo tormentava di continuo come quei mal di testa leggeri, non veramente dolorosi ma che non passano mai completamente, sono lì a ricordarti che potrebbero esplodere da un momento all'altro e tu stai comunque male solo per il timore che possa accadere. Quella giornata era già grigia e il suo mal di testa era lì davanti a lui, seduto sulla sedia oltre la scrivania e sapeva già che per farlo andar via non sarebbero bastate due compresse.

<Come sta tua madre?> gli chiese con l'aria di chi non è per niente interessato alla risposta.

<E' morta due settimane fa>.

<Questo mi dispiace, dopotutto ha rispettato l'impegno preso. Cosa posso fare per te?>.

<Mia madre mi ha lasciato una lettera> il ragazzo prese da una tasca interna della giacca un foglio piegato con cura, prima di posarlo sulla scrivania ci passò delicatamente la mano sopra

quasi a liberarlo da invisibili impurità. Don Riccardo lo lasciò sul tavolo senza neanche toccarlo.

<Mi ha raccontato la verità su di me e su mio padre. Fino ad allora mi aveva sempre detto che era morto>.

<Ed è così> gli rispose don Riccardo <è morto quando tu dovevi avere meno di due anni ma continuo a non capire cosa sei venuto a fare qui>.

<Voi siete l'unica persona con cui, in qualche modo, io ho un rapporto di parentela. Non ho nessun altro>. In realtà una parente abbastanza stretta ancora c'era ma lui non poteva saperlo, sua nonna gli aveva portato la colazione quella stessa mattina. Don Ricardo osservò in silenzio il giovane. Non poteva certo negare di essere suo parente e la cosa lo seccava molto. Aveva anche notato, suo malgrado, una certa somiglianza, non ultima la statura del ragazzo. Ma non aveva nessuna intenzione di ammetterlo.

<Io non sono mai stato veramente convinto che tu fossi il figlio illegittimo di mio padre. A tua madre promisi che vi avrei mantenuto fino a quando tu non fossi stato maggiorenne e così è stato ma lo feci solo per non creare scandali. Ora tu mi vieni a raccontare di essere mio parente e la cosa mi sembra assolutamente fuori luogo. Se vuoi un aiuto per cercarti un lavoro nella tua città ti posso aiutare, conosco ancora qualcuno là. Spero che tu non ti sia fatto qualche illusione circa le proprietà e la masseria. Questa è tutta roba che io ho riacquistato con sacrifici e sangue. Non ho ereditato nulla che non fosse un inutile, stramaledetto titolo nobiliare e una montagna di debiti. Quindi, mettiti l'anima in pace perché qui non potresti vantare diritti su niente>. Il ragazzo sembrò molto deluso dalla risposta di quello che lui, da due settimane, considerava suo fratello. Si alzò, sollevò la sacca e se la mise sulla spalla.

<Io non ero venuto a chiedere nulla. Pensavo di trovare un fratello e solo quello cercavo, forse è morto anche lui. Toglierò il disturbo>.

<Buona fortuna> gli disse don Riccardo con un insperato senso di sollievo. Il ragazzo uscì senza rispondere e senza girarsi. Don Riccardo lo seguì con lo sguardo, dalla finestra dello studio, mentre il giovane attraversava il cancello della masseria. Improvvisamente avvertì un senso di solitudine, sempre lo stesso, che negli anni aveva imparato a dominare. Quel ragazzo gli aveva acceso una piccola fiamma che gli aveva riscaldato l'anima per il breve lasso di tempo in cui lo aveva tenuto di fronte. Fin dalla sera prima, quando lo aveva visto dormire sulla panca sotto il porticato, aveva avvertito uno strano sentimento per quel giovane, niente che potesse veramente capire o interpretare, solo come un inspiegabile dovere di protezione nei suoi confronti. Era riuscito a liberarsene facilmente e in fretta, molto più agevolmente di quanto aveva temuto nei suoi incubi. Ma ora quasi ne avvertiva già la mancanza, come se improvvisamente fosse uscito dalla sua vita qualcuno che vi aveva dimorato a lungo e che ora lasciava, inaspettatamente, un vuoto incolmabile. Aprì la finestra e lo chiamò: <Aspetta> disse al ragazzo <ti faccio accompagnare in paese, da lì puoi prendere una corriera per tornare a casa>.

<Non è necessario> rispose il ragazzo <non vi scomodate>.

V

<L'ho conosciuto, è venuto da me ieri in masseria>.

<Chi hai conosciuto?> gli rispose don Liborio.

<E' venuto da me dicendo di essere mio parente, pensa tu, mio parente. Sperava di trovare un fratello ha detto. Non ha capito niente, io non ho fratelli>.

<Ma di chi accidente stai parlando> incalzò don Liborio spazientito.
<Del bastardo. Don Libò, ve ne siete dimenticato? E' riuscito a trovarmi perché la madre, prima di morire gli ha lasciato una lettera. E cosa si aspettava che lo accogliessi a braccia aperte, con gli atti notarili già pronti per intestargli la masseria>.
A quel punto il prete ricordò quella storia triste e non condivise il disprezzo con cui ne parlava don Riccardo.
<Povera Rosa, quindi è morta. Pace alla sua anima, almeno adesso. Ma nessuno ha avvisato la madre?>.
<No, non me la sono sentita> rispose don Riccardo.
<Domani lo farò io e vorrei anche dire una messa in suffragio per la povera Rosa. Quanto a quello che tu chiami "il bastardo" non dimenticare che è tuo fratello, non è un bastardo è un povero sventurato che non ha colpe>.
<Ma ... ma li ho mantenuti fino a poco tempo fa. Cos'altro dovevo fare ma, soprattutto, cosa dovrei fare adesso?>.
<Tu pensi che io abbia in tasca una soluzione a tutto, una di quelle soluzioni a te gradite, non è così? Appellati alla tua coscienza, da qualche parte dovresti averne una, e soprattutto ascoltala. Ti dirà lei come ti devi comportare. Certo non puoi fare come se quel ragazzo non esistesse, lui è parte di te più di quanto tu creda>.
Don Riccardo uscì dalla chiesa senza avere ricevuto, come aveva sperato, l'approvazione del prete che lo avrebbe acquietato con la sua coscienza. Una coscienza che non aveva atteso che lui l'avesse cercata ma che da tempo, ormai, si andava proponendo spontaneamente e sempre con maggiore forza.
"Adesso ci si mette pure don Liborio, ma che vogliono tutti da me, ho fatto la mia parte fino in fondo. Ho rispettato i patti, cos'altro posso fare?". Cercava di difendersi come se il mondo intero lo stesse attaccando, in realtà erano più di venti anni di rimorsi che gli stavano lacerando l'anima. Aveva scacciato il

ragazzo come un molestatore e invece, negli anfratti più profondi di quella sua coscienza inascoltata, avrebbe voluto corrergli dietro e abbracciarlo e portarlo in casa, presentarlo ai suoi contadini come il fratello che aveva dimenticato di avere, quel fratello che gli avrebbe colmato anni di solitudine e di guerre combattute senza tregua che lo avevano ormai stremato e indebolito. "E' di una moglie, forse, che ho bisogno, e di figli che mi assicurino l'eternità. Non di fratelli". Il suo ego duro e crudele cercava di soffocare quegli indesiderati rigurgiti di umanità, come aveva sempre fatto con successo fino ad allora. Ma ora era diverso, la fiammella che quel giovane aveva acceso bruciava ancora. Forse il ragazzo aveva occupato quel posto in cui non era entrata nessuna moglie né alcun figlio e dal quale era uscita troppo prematuramente la sua povera sorellina. Ora anche lui sentiva quel ragazzo come l'unico parente di sangue in questo mondo.

Quella mattina don Riccardo si fermò nel suo ufficio in paese. L'infaticabile Seppino Martocci era alla sua scrivania con i suoi occhialini emozionabili e le mezze maniche sulla giacca di lana per preservarla dall'usura. Don Riccardo lo osservava in silenzio, seduto alla sua scrivania, provava affetto per quel suo impiegato fedele e discreto. Aveva a malapena conosciuto la moglie di Seppino ma non ne aveva mai visto i figli, sapeva solo che ne aveva tre e che dovevano essere ancora piccoli. Si rese conto che non sapeva niente di quell'uomo, l'unica persona al mondo di cui si fidava veramente e che gli era rimasto accanto in silenzio per tutti quegli anni terribili. Non aveva mai chiesto di sua moglie né si era mai preoccupato dei suoi figli, non sapeva se stavano bene o se qualcuno di loro soffrisse di poliomielite o di tubercolosi, se andavano a scuola, se le cose in famiglia procedevano bene o se litigava con la moglie. D'altronde Seppino non gliene parlava mai nel timore di disturbarlo. Provava affetto per lui ma forse non abbastanza da entrare nelle sue confidenze, non abbastanza da varcare la fredda soglia dei rapporti di lavoro ed addentrarsi nella sua sfera privata. Forse non si trattava di indifferenza ma di discrezione. “Sì, la mia è stata solo discrezione non disinteresse”. Don Riccardo riusciva sempre a mettere una pezza sui suoi difetti, una giustificazione che gli consentisse di conviverci. Era così che era andato avanti per anni, quando scendere a patti con la sua coscienza rappresentava l’unico modo per buttarsi alle spalle le illegalità e i misfatti compiuti in nome della riconquista della proprietà. L’occasione della festa in masseria poteva essere quella buona per conoscere la famiglia di Seppino ma questo aveva trascorso le feste di Pasqua dai suoceri, in un paese in provincia di Potenza.

<Seppino, da quanti anni sei con me?> gli chiese all’improvviso.

<Sono quindici il mese prossimo, per l’esattezza, don Riccardo>.

<E non ti sei ancora stancato di me? So di non essere una persona paziente e benevola, qualche volta ti ho anche maltrattato. Com’è che non mi hai mai mandato affanculo?>.

<Cosa dite, don Riccardo, io non mi sarei mai permesso>.

<So che non ti saresti mai permesso ma qualche volta l’hai pensato, dì la verità>.

<Ve lo giuro sul bene che voglio ai miei figli, non ho mai neanche pensato di mancarvi di rispetto, anzi non smetto mai di ringraziare il Padreterno perché, da quando lavoro per voi, il pane non è mai mancato sulla mia tavola>. Don Riccardo prese il suo portafogli, tirò fuori diecimila lire e li diede a Seppino.

<Tieni, non ti ho dato il regalo per Pasqua. Vai a casa e fatti questa settimana di ferie con la tua famiglia. Ci vediamo qui lunedì prossimo>.

<Ma don Riccardo, non ho finito il …>

<Vai a casa! Anzi, domenica prossima tu e la tua famiglia siete miei ospiti a pranzo in masseria>.

<Don Riccardo, grazie non so…>.

<Vai ora, non ti preoccupare, quello che stavi facendo può aspettare> lo interruppe don Riccardo <Fammi solo una telefonata al dottor Giudice per ricordagli che la settimana prossima dobbiamo fare il controllo sanitario del bestiame>.

<Passo proprio dallo studio adesso e glielo dico di persona>.

<Anche la telefonata vuoi risparmiare> gli disse don Riccardo.

<Non ci perdo niente>.

12 - Il boss del Mar Piccolo

Vincenzo Mazzacane era soprannominato "il boss del Mar Piccolo". Personaggio duro e violento, Vincenzo Mazzacane si era fatto strada tra la malavita di Taranto con la fama di spietato killer ma, a modo suo, era uno di cui ci si poteva fidare quando si instauravano rapporti di "affari". Rispettava con scrupolo gli impegni presi e pretendeva che gli altri facessero altrettanto.

La sua modesta prestanza fisica, accentuata da un andamento lievemente claudicante a causa di una vecchia ferita giovanile, non nascondeva minimamente la ferocia che aveva dimostrato nella sua carriera e che ne aveva fatto un boss temuto e rispettato nel suo ambiente. Sul suo volto, e nella sua carne, portava ben visibili le ferite del vecchio guerriero, abituato a combattere sin da bambino nelle strade buie e fradice della città portuale con avversari violenti e senza scrupoli, che non risparmiavano ferocia neanche nei confronti di vecchi, donne e bambini. Veri angoli d'inferno nei quali non esistevano leggi umane o divine e in cui non entrava neanche lo sguardo misericordioso di Dio. Perfino i ratti avevano imparato a tenersi alla larga da quei quartieri da quando, durante la guerra, venivano cacciati come lepri e finivano nelle pignatte vuote dei tuguri più beceri.

Gli uomini che don Riccardo aveva inviato per liberare la sua masseria, dopo l'ultima occupazione da parte di Saverio Grassi e dei suoi contadini, appartenevano alla scuderia di Vincenzo Mazzacane. Erano suoi anche gli uomini che don Riccardo aveva utilizzato durante la guerra, ai tempi del contrabbando di grano e, occasionalmente, di altre merci lecite e non. Insieme avevano fatto ottimi affari e tra i due c'era un solido rapporto di stima reciproca anche se, passato il periodo del contrabbando, i loro contatti si erano pressoché esauriti salvo che per qualche raro bisogno imprevisto come quello, appunto, dell'occupazione della masseria.

L'uomo aveva fatto chiamare don Riccardo per sottoporgli una questione molto delicata, lui non poteva muoversi liberamente perché ricercato da Polizia e Carabinieri; meno si spostava dal suo nascondigli meglio era. Don Riccardo lo incontrò nei pressi di una antica torre di avvistamento a pochi metri dal mare dove, nascosti tra le rocce della costa, erano ancorati due veloci motoscafi per una eventuale e improvvisa fuga. Via terra si accedeva alla zona attraverso la vecchia Via Appia che da Taranto conduceva a Brindisi. La zona era completamente pianeggiante e spoglia da vegetazione, posizione ideale per avvistare in tempo chiunque si trovasse a passare, compreso eventuali forze di polizia dirette alla torre.

Don Riccardo ci arrivò di notte e via mare come tutti quelli che arrivavano o partivano dalla torre. Di giorno il luogo appariva deserto e in rovina e non dava motivo per sospettare che ci fosse una qualche attività mentre di notte diventava un porto per approdi e partenze di scagnozzi di ogni calibro.

Vincenzo Mazzacane accolse il suo ospite sulla scogliera, come un vecchio amico e, da vecchio amico, si salutarono con un abbraccio.

<Benvenuto conte>. Il boss del Mar Piccolo era l'unico cui don Riccardo consentiva, malvolentieri però, di chiamarlo col titolo nobiliare. L'altro lo faceva proprio perché sapeva del fastidio che don Riccardo provava per quel titolo; non gli sarebbe costato nulla chiamarlo diversamente ma questo era l'ostentazione del suo potere, la chiara dimostrazione che lui poteva permettersi tutto. Dal canto suo don Riccardo si permetteva il lusso di chiamare il boss con il nomignolo di "Cenzino", anche in questo caso lui era l'unico a poterselo permettere.

<Carissimo Cenzino, vedo che questa volta ti sei fatto un antico maniero> rispose don Riccardo.

<E'un posto di merda> gli rispose l'altro <se non mi ammazzano prima i carabinieri, qui mi ammazzerà l'umidità. Beato te che vivi tra ulivi e vigneti, alla luce del sole, lindo e pulito come una creatura appena nata. Mica le conoscono i giudici le porcate che hai combinato>. Lo strano discorso di benvenuto fece intuire a don Riccardo che molto presto avrebbe conosciuto il motivo per cui era stato convocato ma volle restare al gioco iniziato dal suo socio.

<Beato te che te ne stai al mare tutto il giorno, altro che ulivi e vigne> rispose indossando un sorriso a denti stretti.

<Per i giovani, forse, ma io comincio ad avere i miei anni, caro conte, e i reumatismi cominciano a rosicchiarmi le ossa. Alla mia età avrei bisogno della vita di campagna, in un ambiente sano e asciutto>.

Don Riccardo continuava a non capire quegli strani discorsi ma cominciò ad avvertire uno strano formicolio alla base della colonna vertebrale, come se tutti i suoi sensi, contemporaneamente, lo stessero allertando su un pericolo imminente. I due entrarono nella torre dove, al piano terra, era stato ricavato un ambiente in cui era stata sistemata una cucina con un tavolo e qualche sedia e dove don Riccardo fiutò immediatamente un buon odore familiare.

Vincenzo Mazzacane non era uno che tergiversava troppo sulle questioni importanti così, all'improvviso, gli rivelò il motivo di quella convocazione.

<Caro conte, come ti dicevo, ho bisogno di cambiare aria, non tanto per l'umidità del posto, ma perché da qualche tempo si vedono in giro un po' troppi carabinieri, devono aver fiutato qualcosa. Da un momento all'altro potrebbero arrivare qui e buona notte ai suonatori>.

<Capisco!> rispose don Riccardo cominciando a intuire qualcosa <ma cosa posso fare per te?>.

<Ho bisogno di approfittare della tua ospitalità> rispose l'uomo <la tua masseria è fuori zona e abbastanza grande da potermi nascondere senza che qualcuno mi scopra. I miei uomini potrebbero raggiungermi senza destare sospetti così da poter dirigere i miei affari in tutta tranquillità. Ovviamente la tua masseria riceverebbe in cambio più protezione della stessa Banca d'Italia e questo sarebbe un indubbio vantaggio anche per i tuoi affari>.

Da quando lo avevano avvisato che Vincenzo Mazzacane gli voleva parlare don Riccardo aveva iniziato ad avvertire strane sensazioni, come se quella improvvisa convocazione avrebbe potuto cambiare inesorabilmente la sua vita e non in meglio, ma questo andava ben oltre le sue peggiori aspettative. Lui aveva pensato a una proposta di affari, come ai vecchi tempi, che comunque avrebbe potuto declinare con prudenza e senza offendere il boss. Questa era una richiesta che lui non poteva assolutamente soddisfare. Aveva abbandonato la strada del contrabbando da tempo e ormai i suoi affari erano puliti. Era anche riuscito a dare una lavata alla sua reputazione, e a quella del suo casato, e ormai riteneva di essersi guadagnato l'indulgenza della buonanima di sua madre che, lui ne era convinto, lo guardava dal paradiso. La masseria, rendeva bene e non poteva rischiare di mandare tutto all'aria per soddisfare la richiesta di un criminale anche se ex socio d'affari. Ma, finora, nessuno aveva mai detto "No" al boss e aveva poi potuto raccontarlo in giro, le acque profonde del Mar Piccolo ne erano silenziose testimoni. La questione era molto delicata e richiedeva tutta la sua abilità per salvare la sua masseria e non irritare il suo suscettibile nonché pericoloso "amico".

<Non credo che sia una buona idea> rispose don Riccardo giocando nervosamente con un mazzo di chiavi <lo dico per te. Sai bene che in masseria ci sono più di venti tra contadini e pastori, senza contare le donne e i bambini. Come pensi di passa-

re inosservato tra tutta quella gente che va e viene. E poi, pensa che almeno una volta a settimana i carabinieri vengono in masseria per acquistare carne e formaggio per la caserma. Io penso che per te sia molto pericoloso>.

Il boss aveva tolto dal fuoco la pentola con la sua zuppa di pesce, che aveva cucinato con le sue mani, e l'aveva posata sul tavolo. Con un mestolo cominciò lentamente e delicatamente a raccogliere il suo contenuto e a versarlo in due capienti piatti di grossolana ceramica.

<Vedi conte. Il segreto di una buona zuppa di pesce è il tempo. Ti sembrerà strano ma è proprio così, il tempo. Ogni pesce deve essere calato in pentola al tempo giusto, non tutto insieme. Mio padre, buonanima, che ha fatto per sessant'anni il pescatore in queste acque, conosceva tutti i pesci che ci vivono e la consistenza della loro carne. Se un pesce tenero cuoce troppo si spappola e ci trovi solo la lisca. Prima ci devi mettere le seppie che sono più dure, la razza fatta a pezzi, la pescatrice, "*u' cagnuolo*", scampi e cicale, le cozze e, per ultimo, il principe della zuppa tarantina: " *u' cazz dù rè*". Questo deve solo sentire per pochi minuti il calore della pentola perché se cuoce troppo si scioglie completamente. E' un pesce che ci mette molto a morire, se te ne dò uno appena pescato potrebbe arrivare ancora vivo alla tua masseria ma, dopo, è il più tenero e il più saporito>. L'uomo parlava lentamente e misurava con attenzione maniacale i movimenti col mestolo per non rischiare di sfaldare i delicati ingredienti e continuava a impiattare la cena. Sembrava che le parole del suo ospite non le avesse neanche sentite.

<Vieni, avvicinati e assaggia questa meraviglia che ti rimette al mondo>. Si mise a sedere e tagliò due grandi fette di pane dalla forma che don Riccardo aveva portato con sé dalla masseria. Vincenzo Mazzacane adorava il pane che don Riccardo gli portava dal paese.

<Devi sapere, caro conte, che con il pesce di Taranto e il pane del tuo paese si possono fare della mangiate da schiattare, da far dimenticare pure i carabinieri. Pensa, è un po' come me e te, non ti sembra? Io tarantino e tu "basilisco">.

<Sì, c'hai ragione Cenzì, abbiamo fatto delle buone zuppe insieme, ma quel tempo è passato, ora è diverso>. Don Riccardo girava e rigirava la forchetta nel piatto ma lo stomaco gli si era ormai chiuso, attorcigliato e avrebbe fatto fatica a farci entrare anche un solo boccone.

<Io ora lavoro pulito e dò da mangiare a più di venti famiglie. Te lo avevo detto già diverso tempo fa che me ne uscivo dagli affari. Ci ho messo una vita a ricomprare le mie proprietà e ora lasciamele godere>.

<Non è un affare che ti propongo, ti sto solo chiedendo di nascondermi per qualche tempo, giusto il tempo necessario per trovarmi un posto più sicuro di questa vecchia torre>.

<Ma come faccio in masseria? Lo sai che c'è molta gente>.

<Ci avrai pure un casino, una baracca, una grotta nelle tue terre>.

<Ci sono due casini ma sono frequentate dai pastori, tutti i giorni ci passano. Se piove si vanno a riparare lì>.

<Conte. Tu qualche mese fa mi hai chiesto un favore e io ti ho accontentato senza neanche fiatare, in nome della nostra vecchia amicizia. Ti ho mandato dieci dei miei migliori uomini per le tue faccende alla masseria, io mi sono esposto parecchio per farti quel favore. Te ne sei già scordato?>.

<Sì ma poi i tuoi uomini sono scappati via come conigli e mi sono ritrovato i cafoni in masseria per altri due giorni>.

<Lo so, anche se non ho capito che cazzo è successo lì quella sera e ti comunico, giusto per farti capire come la penso io sugli impegni da rispettare, che il loro capo ora sta in mare, con un tufo ai piedi, a dar da mangiare ai pesci. Però io gli uomini te li ho mandati senza fare storie>. Don Riccardo restò in silen-

zio, lasciò la forchetta nel piatto senza avere neanche provato ad assaggiare la zuppa.
<Non lo so> rispose <è troppo rischioso sia per me che per te>.
<Va bene conte, ti lascio il tempo necessario per organizzare al meglio la cosa. Capisco che non è qualcosa che puoi approntare su due piedi. Fra quattro giorni ti manderò qualcuno a sentire quello che hai preparato ma ricordati che i debiti si pagano. Tieni, portati a casa un po' di pesce buono e mangialo con i saluti di Cenzino, non lasciarlo come hai fatto stasera che è peccato grave>.
Il tono dell'uomo non lasciava spazio a dubbi. Don Riccardo capì che il boss si aspettava un suo assenso senza riserve. Si alzò e lascio la stanza in silenzio diretto verso la scogliera.
<Buona sera conte, e grazie per la visita e per il pane>.
Don Riccardo sarebbe stato accompagnato in motoscafo fino a Metaponto dove avrebbe preso la sua macchina per tornare in masseria.

II

L'aria fresca e umida della notte in mare, che gli sbatteva violentemente in faccia con la forza di mille schiaffi, non riusciva a spazzare dalla sua mente l'angoscia per quella richiesta impossibile. “Proprio ora che le cose sembravano che avessero iniziato a girare per il verso giusto. Ma stavolta Vincenzino non la spunterà. Devo chiudere definitivamente i rapporti con quell'uomo”. Pensava e ripensava a come risolvere quel nuovo problema mentre il motoscafo proseguiva veloce nel mare nero senza luna e senza stelle. I suoi accompagnatori lo depositarono sulla spiaggia di Metaponto incredibilmente ed esattamente nello stesso posto dove lo avevano prelevato; come ci fossero riusciti, con quel buio, restò un mistero per il passeggero don Riccardo. Quegli uomini silenziosi, che contrabbandavano di tutto attraverso il Mediterraneo, sembravano conoscere quelle antiche acque goccia per goccia. Riuscivano a ritrovare, nel buio più assoluto, ogni singola roccia nelle insenature della costa Tarantina come se ne sentissero l'odore. Don Riccardo non riusciva a non provare una sorta di ammirazione per quella straordinaria abilità che gli uomini di Vincenzo Mazzacane dimostravano ogni notte tra flutti, onde e scogli che avrebbero avuto la meglio anche sul capitano Achab. Pensò che se fossero vissuti qualche secolo prima sarebbero stati, senza alcun dubbio, dei pirati, tra i più abili e spietati che avessero mai solcato i mari.

Pochi metri di sabbia e, con l'aiuto di una torcia, ritrovò la sua auto. Aprì lo sportello e si sedette per togliersi le scarpe e svuotarle dalla sabbia. Un improvviso raggio di luna, dall'altro lato del mare, si fece strada fra le nuvole e scivolò velocemente sull'acqua lasciando una lunga traccia d'argento che aumentava d'intensità man mano che la luna saliva oltre l'orizzonte. Don Riccardo ammirò stupito quel fenomeno assolutamente normale e ripetitivo ma al quale lui non aveva mai assistito. Il buio di poco prima era tale che, quando la luna si affacciò, sembrò che qualcuno avesse acceso un faro. Restò a guardare per alcuni minuti quel mare, prima invisibile e immobile, ora scintillante e vivo come l'alito di Dio. Sembrava che quel fenomeno imprevisto gli avesse fatto dimenticare per un attimo le preoccupazioni che gli aveva creato il boss, regalandogli un squarcio di pace ma una improvvisa e successiva visione lo fece inorridire e lo terrorizzò a morte. Chiuse lo sportello dell'auto lasciando le scarpe sulla strada e accese i fari. I due fasci di luce illuminarono involontariamente la terrificante scena che gli si stava materializzando sotto gli occhi increduli e atterriti. Li vide uscire dal mare, grondanti di acqua e di brandelli di stoffa e carne putrescente, prima uno poi due e poi ancora altri. Il primo che vide gli sembrò l'uomo che aveva guidato la squadra di Vincenzo Mazzacane per sgomberare la masseria e che, secondo l'ammissione del boss, doveva giacere nel Mar Piccolo. Gli altri non li riconobbe ma era sicuro stessero emergendo, anche loro, dal suo passato criminale. Lui non ne aveva mai voluto sapere perché delle faccende sporche se n'era occupato il boss del Mar Piccolo ma era certo che i suoi affari avevano lasciato morti sul terreno. Molti di questi erano spariti in mare e ora sembravano riemergere per chiedergli conto del suo passato e, soprattutto, delle sue responsabilità. Li guardava atterrito e senza riuscire a muovere un solo muscolo del corpo mentre avanzavano e circondavano la sua auto. Poteva sentire il loro puzzo di morte e di alghe vischiose e marcescenti che colavano dai loro resti. Voleva gridare ma non riusciva a emettere che rantoli indistinti però riusciva a sentire chiaramente i loro lamenti mentre gli raccontavano come erano morti per mano del suo socio e a causa dei loro affari. Cominciarono a muovere l'auto e a cercare di aprire la portiera, una mano ruppe il vetro dello sportello e altre mani attraversarono il vetro rotto verso di lui. Sentì delle dita acuminate, come punte di coltello, che lo prendevano per la gola e gliela serravano fino a soffocarlo. Don Riccardo saltò con tutte le forze di cui poteva disporre ed emise un urlo sovrumano che svegliò tutta la masseria, perfino i cani si misero ad abbaiare. Era talmente stravolto e sudato che anche le coperte del suo letto erano bagnate come se nella sua camera da letto avesse piovuto. Gli uomini si affacciarono assonnati e preoccupati nel cortile sotto il balcone del suo appartamento.

<Don Riccardo, vi sentite bene? E' successo qualcosa? Avete bisogno di aiuto?>.

Don Riccardo si guardò intorno, era nel suo letto, nella sua masseria e i suoi uomini lo stavano chiamando. Sembrava avesse appena avuto il peggiore incubo della sua vita. Respirò la sensazione di sollievo che gli riempì i polmoni fino quasi a farli scoppiare, ma il terrore gli stava ancora attanagliando la gola come quella putrida mano che prima gliel' aveva afferrata attraverso il finestrino rotto dell'auto. Gridò ai suoi pastori che stava bene e che potevano tornarsene a dormire e cercò di fare altrettanto ma non riusciva a chiudere gli occhi perché, appena le palpebre chiuse lo sottraevano al mondo reale, ripiombava nello stesso incubo e rivedeva gli stessi fantasmi. Si alzò, aprì la pesante tenda della finestra e vide la luna alta nel cielo che guardava impassibile la sua masseria e i suoi incubi come una spettatrice lontana e indifferente. Pensò che fosse sua la colpa dei suoi incubi e richiuse violentemente la tenda per scacciare quella luce ammaliatrice e maligna. Si rimise a letto e, inaspettatamente, riprese sonno. Dormì ancora qualche ora, quando si svegliò e aprì la tenda della finestra vide massaro Antonio che guidava i suoi pastori e le bestie oltre il cancello della masseria. Avrebbe voluto che quella fosse una mattina come tutte le altre ma lo stomaco gli bruciava come se stesse digerendo lava incandescente. Si vestì e cercò le scarpe nel posto in cui dovevano essere ma non le trovò né lì né in nessun altro posto della casa. Scese in cucina e vide sul tavolo un fagotto di pesce, avvolto in un cartoncino rossastro. Ricordò di essersi tolto le scarpe sulla spiaggia per svuotarle dalla sabbia. Dopo solo incubi.

13 - La sentenza

Rosa Malvoglio e suo figlio avevano vissuto a Taranto, la città in cui don Riccardo aveva mandato la donna ai tempi dello scandalo, lontano dagli occhi e dalle maldicenze dei suoi concittadini, ad espiare colpe sue e di altri. Il ragazzo era nato nella città pugliese e, contrariamente a quanto ci si sarebbe potuto aspettare da una donna che aveva dimostrato più ambizione che buon senso, Rosa Malvoglio era stata una buona madre per lui. Il ragazzo aveva ricevuto una sana educazione e un buon grado di istruzione; era riuscito anche a diplomarsi ragioniere prima di partire per il servizio militare. Rosa Malvoglio aveva anche lavorato come donna delle pulizie presso famiglie e ristoranti della città e quel che guadagnava col suo lavoro, sommato al denaro che gli inviava regolarmente don Riccardo, le aveva consentito un tenore di vita più o meno tranquillo. Al figlio la donna non aveva fatto mancare niente. Alla sua morte gli aveva anche lasciato un libretto bancario con una modesta somma che non aveva avuto il tempo di far crescere e che al ragazzo sarebbe bastata solo per qualche mese, in attesa di trovarsi un lavoro.

Luca da ragazzo, e nonostante gli ammonimenti della madre, aveva frequentato le solite bande di piccoli teppistelli e delinquenti in erba ma aveva avuto il buon senso di tenersi fuori dai guai veri e il suo nome non era mai finito sulle liste della polizia benché, per le sue frequentazioni, fosse comunque conosciuto agli agenti. Molti suoi amici, invece, avevano compiuto il grande passo entrando a far parte di bande malavitose più o meno organizzate. In seguito ne aveva sentito parlare: qualcuno aveva fatto carriera, qualcuno era morto ammazzato e altri finiti in carcere. Lui invece si era dedicato, anche con discreto profitto, allo studio e alla fine aveva conseguito il diploma con grande e comprensibile felicità e orgoglio da parte di sua madre. Tutto sommato si poteva considerarlo un bravo ragazzo e sembrava che non avesse ereditato il gene maligno paterno né l'iniziale ambizione di sua madre che aveva indotto il vecchio conte Giovanni a lasciarle nel ventre il proprio seme depravato.

Nel corso degli anni don Riccardo si era tenuto informato, di tanto in tanto, sulle condizioni dei due tramite il suo ex socio Vincenzo Mazzacane al quale, però, non aveva raccontato la verità. Il boss pensò subito che la donna fosse l'amante di don Riccardo e che, quindi, il bambino fosse suo figlio ma la cosa non lo interessò più di tanto. Quando don Riccardo glielo chiedeva lui mandava qualche suo uomo a controllare e riferiva al suo amico. Il boss non conosceva personalmente il ragazzo né aveva mai conosciuto sua madre, sapeva solo dove abitavano e quello che facevano per vivere, la sua curiosità non si era mai spinta oltre. La questione, invece, assunse un aspetto diverso e drammatico quando don Riccardo gli fece sapere che non era disposto ad accogliere la sua richiesta di asilo nella masseria.

II

Il boss accolse il rifiuto di don Riccardo come un vero e proprio tradimento, un'offesa che andava regolata alla sua maniera. Finora solo boss più potenti di lui avevano potuto rifiutargli favori o richieste senza averne pagato, in seguito, le tragiche conseguenze. Si sentiva in credito verso il suo vecchio socio a causa dell'ultimo favore che gli aveva fatto anche se i suoi uomini non avevano portato a compimento l'azione. Lui non si sentiva responsabile del fallimento dell'operazione anzi, avendo dovuto punire con la morte uno dei suoi migliori uomini, il suo credito nei confronti di don Riccardo ne risultava accresciuto. A questo punto decise che avrebbe riscosso quel credito riprendendosi quello che lui aveva sacrificato: una vita per una vita.

Questa volta volle eseguire personalmente il controllo a casa Malvoglio, voleva conoscere quella che aveva sempre ritenuto l'amante del suo ex socio e suo figlio. Pensò che un figlio è sempre un figlio, anche se illegittimo. La punizione doveva lasciare una ferita indelebile e la più dolorosa possibile nella carne dell'uomo dal quale aveva ricevuto un'offesa maggiore che un tradimento. Dalle informazioni che aveva assunto seppe che la donna era morta e che il figlio era militare ma quando lo vide rientrare a casa, una sera, non ebbe dubbi su chi fosse, era uguale a quello che lui riteneva suo padre anzi, nel semibuio della strada, inizialmente pensò che fosse proprio lui, don Riccardo. Decise che, prima di prendersi quello che gli spettava, avrebbe dovuto saperne di più sul ragazzo.

Nei giorni successivi si preoccupò di seguirlo, lo vide compiere diversi tentativi per procurarsi un lavoro visitando negozi, piccole aziende, cantieri, persino nel porto andò a cercare lavoro come manovale; lì gli fu facile informarsi su come il giovane si presentava. Seppe che era un ragioniere ma che gli andava bene qualsiasi lavoro "purché onesto". Questa precisazione gli fece balenare in mente una idea terribile.

Dopo qualche giorno Luca Malvoglio fu fermato per strada da un uomo che gli chiese se fosse ancora alla ricerca di un lavoro. Disse che il suo principale stava cercando un persona seria e onesta per un lavoro e lo invitò a recarsi presso la pescheria "da Uccio" al porto, il pomeriggio di quello stesso giorno. Luca Malvoglio si mostrò interessato e confermò che quel pomeriggio si sarebbe senz'altro recato all'appuntamento. Ovviamente era particolarmente felice per l'occasione che gli si presentava dopo settimane di tentativi andati a vuoto e si preparò come per incontrare il presidente della Confindustria piuttosto che un maleodorante pescivendolo. Giacca e cravatta, anche se non aveva mai visto nessuno lavorare in una pescheria agghindato a quel modo, capelli tirati con la brillantina, scarpe lucidate. Pensò che presentarsi in ordine sarebbe stato sicuramente un vantaggio. In realtà la sua figura alta e slanciata gli consentiva di vestirsi come più gli piaceva ma quel giorno sembrava un gran signore con il vestito che aveva indossato durante il suo esame di maturità e fatto confezionare, con cura, dalla madre presso uno dei migliori sarti di Taranto. Arrivò all'appuntamento con mezz'ora di anticipo. Cominciò a girare per il porto e si fermò a guardare le operazioni di scarico di una delle tante navi che giornalmente attraccavano al molo pugliese. Quella figura elegante stonava come un tulipano tra i carciofi in quell'ambiente di scaricatori, marinai con barbe lunghe e capelli scompigliati e impastati a salsedine di mari lontani, figuri sospetti che gironzolavano tra le merci appena deposte dalla nave. Alcuni uomini gridavano ordini in lingue incomprensibili, altri rispondevano in stretto dialetto tarantino, il tutto nello stridore assordante di gabbiani volteggianti sui carichi eppure, inspiegabilmente, le operazioni procedevano spedite e precise, senza intoppi come lungamente studiate a tavolino. Lo scirocco che sollevava spruzzi di acqua marina inumidiva le pietre della piazza antistante la pescheria di Vincenzo Mazzacane, costantemente sorvegliata dalla polizia, ma lui aveva fatto convocare il ragazzo in un'altra pescheria poco distante, anch'essa di proprietà del boss ma intestata ad amici di amici di conoscenti, in una catena sufficientemente lunga da far perdere le tracce sul suo reale proprietario. Qui, pescherecci all'apparenza come tanti altri, scaricavano casse che, sotto il primo strato di sarde e sgombri, contenevano piccole statue in terracotta o in bronzo, vasi millenari magistralmente decorati, monete con antiche effigi di re e divinità, quadri, strane polveri, sigarette, armi da fuoco e ogni sorta di merce contrabbandabile. Il tutto transitava sotto gli occhi attenti della polizia che sorvegliava la pescheria sbagliata.

Qualcuno bussò sulla spalla di Luca invitandolo nel negozio. Entrò nella pescheria e fu fatto accomodare in un ufficio adiacente dove una lampadina smorta illuminava a malapena lo scarno arredamento eroso dalla salsedine e in cui lo aspettava il suo futuro datore di lavoro o colui che lo avrebbe rappresentato. Il fetore dei residui di pesce, da poco lavati via con acqua di mare, saturava i vecchi mobili e gli stessi muri del locale ma al giovane sembrò talmente irrilevante che non ci fece neanche caso.

<Siediti Luca, ti chiami Luca vero?>.

<Sì, mi chiamo Luca, signore, Luca Malvoglio>.

<Bene Luca. Io sono Salvatore Palumbo, il proprietario di questo locale. Mi hanno detto che cerchi un lavoro, che tipo di lavoro hai in mente?>.

<Uno qualsiasi, mi accontento di fare qualunque cosa. Sono ragioniere e ho fatto il militare, mi sono congedato da tre settimane. Ho bisogno di lavorare e non mi spaventerebbe neanche vendere triglie e naccarelli>.

<Bravo, ragazzo. Questo mi fa molto piacere ma io sto cercando qualcuno che stia alla cassa, che paghi i pescatori e che la sera mi faccia un po' di conti. Non è molto complicato. Te la sentiresti?>.

<Certo signor Palumbo, come le ho detto sono ragioniere, mi andrebbe benissimo, è anche meglio di quanto mi aspettassi>.

Il finto colloquio di lavoro andò avanti ancora per una decina di minuti durante i quali il proprietario gli chiese notizie inutili e ampiamente conosciute.

<Quando puoi iniziare?>.

<Anche subito>.

<Sta bene. Per iniziare ti darò una paga di ventimila lire. Sei contento?>.

<Mi va bene, signor Palumbo, quando inizio?>.
<Vieni domani mattina alle sette e mezzo e non venire vestito così se no mi metti soggezione ai clienti>.

III

Quella sera Luca Malvoglio prese la sua prima paga, non stava nella pelle quando il suo capo lo chiamò nel piccolo ufficio e gli consegnò le banconote, due enormi banconote da diecimila lire. Lui le prese, le piegò con cura e le infilò nella tasca interna della giacca facendo attenzione che non si sgualcissero, non fece neanche caso al tanfo che aveva impregnato la carta filigranata e alle squame di pesce che le ricoprivano.
<Anche se hai iniziato il dieci del mese ti voglio premiare perché hai lavorato bene e ti pago l'intero stipendio>.
Il giovane era talmente felice che gli spuntarono due lacrime. I pochi risparmi lasciategli dalla madre erano quasi esauriti e l'emozione del primo stipendio lo commosse fino a farlo piangere. Ringraziò ripetutamente il suo datore di lavoro fino a quando fu in strada e continuò a ringraziarlo e a benedirlo in silenzio finché raggiunse casa. Per strada guardava con sospetto chiunque gli si avvicinasse a meno di tre metri di distanza, ben consapevole delle tecniche di borseggio che lui e i suoi ex amici mettevano in atto quando individuavano le loro vittime, avrebbe difeso quelle due sudice banconote a costo della propria vita e, a tale scopo, stringeva nella mano destra un coltello a serramanico nascosto nella tasca della giacca.
Vincenzo Mazzacane stava costruendo la sua vendetta con crudele pazienza, senza alcuna fretta. Doveva preparare accuratamente ogni dettaglio e, uno di questi, era il giovane Luca. Era fondamentale che il giovane si affezionasse al suo lavoro, al suo titolare e, ancor più, al profumo del denaro. Incaricò il

suo prestanome di dargliene anche più di quanto stabilito con la scusa del lavoro ben fatto, degli straordinari, gratifiche e premi.

Un giorno, mentre un peschereccio stava scaricando le solite casse con sorpresa, il titolare chiamò Luca nel magazzino e gli mostrò quello che le casse realmente contenevano. In principio lui non capì ma quando Salvatore Palumbo gli ebbe spiegato il tipo di attività che si nascondeva sotto la copertura della pescheria un brivido gli salì su per la schiena.

<Ma allora io sono un contrabbandiere?> chiese balbettando e iniziando a sudare freddo.

<No. Tu sei solo il cassiere della pescheria. Nessuno potrà mai dire che tu sei coinvolto nei nostri affari. Stai tranquillo e continua a fare il tuo lavoro come se io non ti avessi mostrato niente. Ho dovuto farlo perché ti voglio bene e prima o poi lo avresti scoperto da solo quello che avviene qui dentro>. La spiegazione non tranquillizzò completamente Luca e ci vollero parecchi giorni perché riuscisse a digerire quella improvvisa e inaspettata novità. Era arrivato il momento di stringere la presa sul giovane e Vincenzo Mazzacane cominciò a serrare il cappio intorno al suo collo ma era un cappio del quale Luca non si sarebbe accorto anzi, più il boss stringeva più lui ne era contento. Per prima cosa fece regalare a Luca una motocicletta nuova fiammante, un modello di moda con tanti cavalli e un motore che urlava rabbiosa tutta la sua prepotenza. Poi cominciò a fargli frequentare ristoranti lussuosi, festini con donne di classe, belle da perderci la testa, profumate come odalische e, soprattutto, disponibili alle sue voglie.

In poco tempo, il giovane si trovò coinvolto in un giro vorticoso di denaro, lusso e divertimenti che non aveva mai conosciuto prima e che lo stordì completamente consegnandolo anima e corpo al suo vero padrone. Capì che ciò che faceva girare quella meravigliosa giostra non erano i pescatori che lui pagava la mattina poco dopo l'alba ma quel peschereccio di cui non si era mai occupato e che arrivava sempre per primo.

Iniziò a guardare la situazione con occhi differenti. Cominciò lentamente ad abituarsi all'idea stessa dell'illegalità e più il tempo passava più si sentiva piacevolmente invischiato in quel sistema del quale lui stava assaporando, per il momento, solo la parte mielosa. Non sospettò minimamente che quell'improvviso benessere potesse avere un prezzo e che prima o poi gli sarebbe stato presentato il conto. Per il momento lui ne godeva senza pensieri e senza ritegno. Gli insegnamenti della madre erano stati deposti insieme ai suoi poveri resti in un sepolcro lontano e dimenticato mentre, alle sue spalle, aleggiava sinistramente il fantasma del vecchio conte suo padre, con la sua scellerata eredità di depravazione e immoralità che cercava di insinuare nella tenera e fragile umanità del giovane.

Dopo qualche mese sembrava effettivamente che Luca avesse preso a considerare il suo titolare come una sorta di genitore adottivo, stravedeva per lui e, ormai, sarebbe stato disposto a fare qualunque cosa gli venisse richiesta; per lui si sarebbe anche buttato nelle fetide acque del porto. Il momento tanto attesa da Vincenzo Mazzacane sembrava ormai vicino, la tremenda punizione che aveva a lungo meditato stava per artigliare ferocemente le molli carni di don Riccardo. Nella sua lucida crudeltà il boss cercò una motivazione plausibile per non procedere oltre nell'infliggere la pesante punizione, una specie di appello per l'ultimo grado di giudizio nel suo personalissimo tribunale monocratico. Soppesò il dare e l'avere nei rapporti intrattenuti fin da tempi ormai lontani con il suo vecchio socio e, nella disamina, risultò ancora una volta a credito. Alla fine si ritenne soddisfatto della sentenza emessa.

Don Riccardo Galasso sarebbe stato giustiziato da colui che Vincenzo Mazzacane riteneva suo figlio Luca.

IV

Un pomeriggio di fine estate Salvatore Palumbo gli parlò di un suo amico, uno di quegli amici ai quali non si può dire di "No" e che aveva pagato tutto il lusso in cui aveva sguazzato fino a quel momento. Luca intuì che il suo principale stava parlando del vero padrone di quel meraviglioso luna park pieno di lustrini, musiche e divertimenti e accettò di incontrarlo. Appena buio i due entrarono in macchina e si allontanarono di qualche chilometro sulla litoranea ionica. A un certo punto i due lasciarono la macchina e salirono su di un motoscafo che li attendeva con un uomo a bordo. Qui Luca fu bendato e condotto al nascondiglio di Vincenzo Mazzacane. Dopo qualche minuto il motoscafo attraccò e, ancora bendato, Luca fu accompagnato nell'antica torre rifugio del boss. Quando gli tolsero la benda ci mise un po' prima di riuscire a mettere compiutamente a fuoco la sua vista e in questo non fu facilitato dalla poca luce della lampara a petrolio appoggiata su una mensola al muro.

<Ciao Luca> la voce rauca di fumo vecchio e incrostato gli parve arrivare dal pavimento e sembrava avere un tono amichevole <accomodati, è da un po' che desideravo incontrarti. L'amicone Salvatore mi ha parlato molto bene di te. Sono proprio contento di conoscerti>.

Luca abbassò lo sguardo e vide l'uomo seduto a un tavolo. Si aspettava di vedere una specie di brigante con cappellaccio e fucile a tromba e invece quell'uomo di circa sessant'anni con la camicia a quadrettoni e pantaloni di tela genovese sembrava un pescatore, dallo sguardo duro e cattivo ma un pescatore; non vedeva i suoi piedi ma immaginò che calzasse due stivali di gomma verde. Si sedette al tavolo anche lui e prese in mano il bicchiere di vino che l'altro aveva riempito e gli aveva passato con lentezza misurata.

<Brindiamo al nostro incontro e alla tua salute> gli fece l'uomo.

<Alla vostra> rispose Luca prima di bere un robusto sorso di primitivo che Vincenzo Mazzacane si faceva portare da Manduria, un vino che avrebbe potuto stordire anche un cavallo e che, dopo qualche minuto, gli avrebbe fatto vedere la lampara sul muro mentre si duplicava e, insieme al suo doppione, cominciava a danzare a destra e sinistra sulla mensola. Luca non aveva mai bevuto, aveva accettato il bicchiere per non rifiutare il brindisi offertogli dal boss ma decise che avrebbe declinato un eventuale invito al bis.

<Allora, Luca, sei contento del tuo lavoro alla pescheria? Ti tratta bene l'amico Salvatore?>.

<Sì … sì va tutto bene. So che vi devo ringraziare per la motocicletta e tutto il resto> rispose Luca con una leggera esitazione dovuta all'apprensione per quell'incontro e ai diciassette gradi del primitivo.

<Non è niente> gli rispose il boss <se saprai meritarlo diventerai un uomo ricco e rispettato da tutti E la tua famiglia cosa dice del tuo lavoro?>.

<Io non ho famiglia> rispose il ragazzo <mia madre è morta qualche mese fa e mio padre non l'ho mai conosciuto perché è morto quando io ero molto piccolo>. La risposta soddisfò molto Vincenzo Mazzacane. Questo voleva significare che il ragazzo non aveva mai incontrato don Riccardo e quindi non sapeva di essere suo figlio, seguitando nell'equivoco in cui era incorso il boss.

L'uomo fece un cenno a Salvatore che posò sul tavolo una borsa blu con il nome di una compagnia aerea.

<Aprila> disse Vincenzo Mazzacane a Luca.

Il giovane si avvicinò e aprì la cerniera, ne spuntò fuori una manciata di banconote enormi, rossicce e inebrianti. Sotto ce n'erano altre a riempire quasi completamente la borsa. La madre gli aveva sempre ripetuto che il denaro puzza come la merda del diavolo ma lui non sentiva nessun olezzo provenire da quella borsa prosperosa che, al contrario, lo ubriacava come il primitivo che aveva appena assaporato per la prima volta. Dopo un primo momento di ebbrezza Luca si trasse indietro come spaventato da quella vista, tanti soldi non li avrebbe neanche saputi contare.

<Sono cinquecentomila lire> gli disse Salvatore Palumbo <più di due anni della tua paga>.

Luca restò a bocca aperta e non osò toccare il denaro.

<Cosa significa?> domandò timoroso.

<Che se tu fai quello che ti chiediamo quel denaro sarà tuo>.

<E cosa dovrei fare?>.

<Tu sei stato al militare> gli rispose Salvatore Palumbo <quindi dovresti sapere sparare>.

<Beh sì>.

<Dovresti fare questo per noi> gli disse nuovamente Salvatore Palumbo <Devi sapere che c'è un bastardo che dopo aver mangiato e gozzovigliato grazie a noi a un certo punto ci ha tradito. Tu dovresti dargli la punizione che merita>.

<E perché proprio io?> chiese Luca con il terrore che gli paralizzava le mascelle.

<Perché sei l'unico della nostra famiglia che lui non conosce. Stai sicuro che dopo non ti chiederemo più niente e, se vorrai ritirarti, potrai goderti i tuoi soldi oppure potrai continuare a lavorare nella pescheria come se nulla fosse successo. Comunque ci teniamo a farti sapere che puoi fare molta strada nella famiglia se decidessi di dedicarti ai nostri affari più delicati. C'hai le palle, lo abbiamo capito>.

Per tutta la notte e la mattina dopo Luca continuò a tormentarsi chiedendosi se la sera precedente aveva accettato quel terribile incarico perché spaventato o perché brillo. In entrambi i casi ora non poteva tirarsi indietro perché il rifiuto sarebbe stato interpretato come un tradimento e aveva appena conosciuto come venivano regolate certe questioni da quelle parti. Era anche cosciente che, se la sera prima non avesse accettato, molto probabilmente ora sarebbe in fondo al mare come cibo per pesci.

Non gli avevano detto chi doveva "punire" né gli avevano spiegato la procedura. Tutto restava avvolto nel mistero e questo, da un certo punto di vista, lo rassicurava perché significava che il momento non era ancora arrivato. La prima cosa che gli venne in mente fu quella di scappare ma poi pensò che non avrebbe fatto molta strada, sicuramente lo stavano controllando. Ma c'era una cosa che lui stava cominciando a considerare seriamente: voleva veramente rinunciare a quella borsa di soldi? Gli era stato detto che avrebbe potuto ritirarsi e godersi il suo premio, tutto sommato quell'uomo doveva essere una carogna, proprio come loro, allora perché tormentarsi tanto? Decise di non pensarci più.

Quella mattina si presentò regolarmente al lavoro e dell'argomento non se ne fece un minimo cenno; solo la sera, prima di andare via, Salvatore Palumbo lo chiamò nel solito ufficio e gli consegnò una mazzetta di denaro.

<E' un acconto per il lavoro, vai a divertirti> gli spiegò. Luca intascò il denaro senza dire nulla, al suo titolare sembrò un buon segno.

14 – “Un dì, s’io non andrò sempre fuggendo”

Il due di novembre è la giornata notoriamente dedicata alla commemorazione dei defunti. Benché fosse di giovedì e approfittando anche del giorno di vacanza a scuola, Luigino pensò di prendersi anche lui un giorno di vacanza e decise di portare la moglie e i figli, per la prima volta, al cimitero.

Era uscito abbastanza presto di casa e aveva comprato un grosso mazzo di crisantemi da distribuire sulle tombe dei suoi genitori e su quella di suo suocero.

La nebbia della notte si stava diradando ma lasciava il campo a un cielo grigio e uggioso come nella migliore tradizione di novembre.

Luigino era fuori dalla macchina ad aspettare moglie e figli che si stavano attardando a causa dei soliti, noti contrattempi degli ultimi momenti. Seppino Martocci stava passando per la strada e si fermò a salutare Luigino.

<Buongiorno dottor Giudice, fate una gita stamattina?>.

<Ciao Seppino. No, veramente il programma di oggi prevede una visita al camposanto, è da un po’ che ci manco e voglio portarci i bambini per la prima volta. Prima o poi dovranno abituarsi anche a questi tristi adempimenti>.

<Avete ragione, dottore, la visita ai propri defunti è un gesto di carità cristiana e i bambini devono imparare a farla>.

<Senti Seppino, da quanto tempo ci conosciamo noi due>.

<Beh, sono un po’ di anni, da quando lavoro con don Riccardo>.

<E allora, non hai ancora imparato a chiamarmi semplicemente Luigino, sono anni che te lo chiedo>.

<Il fatto è che proprio non riesco a chiamarvi per nome, è più forte di me. Voi siete un dottore ed è giusto che la gente vi rispetti per quello che siete>.

<Ma il rispetto è altra cosa, caro Seppino, e tu sai che io non ci ho mai tenuto a queste cose. Comunque se proprio lo preferisci fai come credi>. Nel frattempo Luigino era stato raggiunto dalla moglie e dai figli e stavano per entrare nella piccola cinquecento.

<Ma quella non è la macchina di don Riccardo?> chiese Luigino indicando a Seppino un'auto che si stava avvicinando.

<E sì, sembra proprio lui e sembra anche che vada un po' di fretta> rispose Seppino.

La Lancia Aprilia nera si fermò proprio davanti ai due.

<Dottor Giudice, stavo cercando proprio voi. La giumenta baia sta partorendo proprio ora e massaro Antonio sta avendo qualche difficoltà, dice che non riesce a capire la posizione che ha preso il puledro>. Chissà perché quella giovane creatura si dava tanta premura per nascere proprio in quel giorno dedicato alla morte. Luigino fece un profondo sospiro, guardò la moglie che annuì con la testa comunicando al marito, con quel gesto, che aveva capito e che la visita al cimitero era saltata, almeno per quel giorno. Luigino disse a don Riccardo che poteva andare e che lo avrebbe raggiunto subito in masseria con la sua auto. Seppino chiese a don Riccardo se poteva accompagnarlo in masseria perché voleva assistere alla nascita del puledro. La Lancia con i due a bordo ripartì velocemente. Luigino si scusò, come aveva fatto mille altre volte, con moglie e figli ed entrò nel portone di casa a prendere la borsa per le urgenze, con i suoi strumenti, depositata nel sottoscala. Dopo qualche minuto anche la cinquecento verde scuro partì, decisamente con meno impeto rispetto all'Aprilia ma Luigino sapeva bene che ci sarebbe arrivata subito dopo la ben più potente auto di don Riccardo perché sembrava che la piccola Fiat conoscesse la strada a memoria, compreso certe scorciatoie che la Lancia, più veloce ma anche più ingombrante, non avrebbe mai potuto permettersi.

Massaro Antonio non era riuscito a risolvere il problema del parto della cavalla e salutò con un profondo sospiro di sollievo l'arrivo di Luigino Giudice che fermò l'auto quasi dentro la stalla, ne scese e pregò di non dover buttare via anche quel vestito della festa.

II

Fino a due giorni prima, e per circa una settimana, la masseria era stata osservata, da distanza di sicurezza, da qualcuno che avrebbe dovuto riferire i movimenti che vi si svolgevano, le abitudini di don Riccardo e gli orari che regolavano i lavori e la vita della piccola comunità che vi viveva.

L'uomo riferì al suo capo che tutti i giorni gli uomini e alcune donne uscivano all'alba e in masseria ci restava solo qualche vecchia e i bambini. Don Riccardo, generalmente, si fermava in masseria fino alle dieci, dieci e mezza, dopo andava in paese con la sua auto e ritornava in masseria la sera dopo il tramonto. Queste informazioni fornirono a Vincenzo Mazzacane gli elementi per poter organizzare, con il minor rischio possibile, l'azione nei confronti di don Riccardo. Uno dei suoi uomini propose di organizzare l'agguato fuori dalla masseria, sulla strada per il paese, con un grado di rischio pressoché nullo. A Vincenzo Mazzacane la proposta parve troppo semplice e, soprattutto, troppo anonima. Chiunque avrebbe potuto portare a termine una simile operazione che non avrebbe lasciato nessun segnale. Lui, invece, un segnale voleva lasciarlo e anche ben visibile, una specie di marcatura del territorio diretto ad altri clan: il territorio, da quel momento, era suo. Quello che invece non voleva lasciare, soprattutto alla polizia, erano delle prove e dei testimoni.

In realtà quella zona cominciava ad interessare particolarmente a Vincenzo Mazzacane che aveva messo gli occhi proprio sulla masseria Galasso. Fuori don Riccardo e mancando eredi diretti avrebbe potuto comprarla facilmente, una forma di investimento in un'attività pulita. Inoltre, l'intera tenuta era abbastanza grande da farci transitare qualsiasi tipo di traffico con la creazioni di nascondigli per merci e uomini. La, relativamente, breve distanza dal mare della masseria rappresentava un ulteriore fattore positivo perché lui si considerava un animale acquatico e non avrebbe potuto vivere a lungo lontano dal suo elemento preferito. In realtà tutte queste considerazioni erano alla base del suo progetto del quale, l'omicidio di don Riccardo, era solo un dettaglio, semplicemente un passaggio obbligato per arrivare al vero scopo. La vendetta era semplicemente un pretesto per i suoi uomini.

Il suo piano, invece, era un altro: uccidere don Riccardo in masseria. Con gli uomini fuori, il grado di rischio sarebbe stato comunque accettabile, inoltre l'azione avrebbe rappresentato un segnale forte. Il momento della giornata migliore per mettere in atto il piano era quello successivo all'uscita degli uomini e mentre la vittima designata si apprestava ad andare in paese. Una macchina con quattro uomini, compreso il boss che voleva dirigere personalmente le operazioni, sarebbe arrivata poco prima che don Riccardo uscisse per andare in paese, tra le nove e le dieci di mattina, ma non molto prima perché nell'attesa qualcuno avrebbe potuto scoprirli. La scelta della giornata cadde sul due novembre, una scelta dettata da un discutibile senso dell'umorismo dell'uomo del Mar Piccolo. Il piano fu spiegato nel dettaglio anche a Luca Malvoglio quello che, secondo le intenzioni del boss, doveva essere l'esecutore dell'omicidio.

Secondo il piano gli uomini, dopo aver nascosto l'auto sotto il muro esterno, sarebbero dovuti entrare di nascosto in masseria e trovarsi un nascondiglio. Alla comparsa di don Riccardo sulle scale, Vincenzo Mazzacane lo avrebbe indicato a Luca che sarebbe dovuto uscire allo scoperto e sparare all'uomo mentre gli altri suoi compari lo avrebbero dovuto proteggere da eventuali imprevisti. Il sogno di Vincenzo Mazzacane era quello di poter rivelare al moribondo che ad ucciderlo era stato suo figlio, contando sul fatto che i due non si conoscevano. Ma questa sarebbe stata solo la ciliegina sulla torta, il *coup de theatre* che però non pensava di fare in tempo a realizzare perché l'uomo, molto probabilmente, sarebbe morto prima. Quello che invece Vincenzo Mazzacane non aveva previsto era che un innocente puledro aveva deciso di nascere proprio quel giorno e che avrebbe complicato non poco i suoi piani.

III

Quella mattina don Riccardo, contrariamente alle sue abitudini, alle nove e mezzo era già stato in paese ed era anche già rientrato in compagnia di Seppino Martocci. Subito dietro di lui era arrivato Luigino Giudice e in masseria c'era massaro Antonio, il gigante venuto dalle montagne, che si stava occupando del parto della cavalla baia. Tutti erano nella stalla a seguire il parto, qualcuno prendendoci parte attivamente, altri come apprensivi spettatori.

La macchina di Vincenzo Mazzacane arrivò alle nove e mezza precise e si fermò, non vista, sotto il muro esterno alla masseria, gli uomini ne scesero e si andarono a cercare ognuno un proprio nascondiglio. L'automobile di don Riccardo era parcheggiata sotto il pergolato di lato alla stalla, quindi lui era ancora in masseria.

Luca Malvoglio, arrivandoci, non aveva identificato il posto ma ora, dal suo punto di osservazione, cominciò a riconoscere alcuni dettagli della costruzione e dell'ambiente. Vide la panca sotto il portico dove aveva dormito la notte in cui era venuto a trovare suo fratello e riconobbe l'imponente scalinata dalla quale lo aveva visto arrivare con il suo bastone col manico d'argento. Non ebbe dubbi, lo avevano condotto ad uccidere suo fratello e a quel punto si rese conto del beffardo e tragico gioco in cui il destino lo aveva coinvolto. Non poteva minimamente immaginare che tutto questo era stato organizzato di proposito da una mente malvagia e crudele, lui pensava che si fosse trattato solo di una drammatica, spaventosa coincidenza. Ripensò a tutto quanto gli era capitato da quella sera in cui era arrivato in quella masseria e si chiese cosa stesse facendo, ora lì, con una pistola carica in mano. D'improvviso si rese conto della situazione come se solo allora si fosse svegliato da uno stato di ipnosi in cui altri lo avevano condotto a loro piacimento. Non poteva essere lui quel ragazzo con la pistola in mano, pensò che forse stava vivendo la vita di un altro e provò a lasciar cadere l'arma che, invece, la sua mano continuava inspiegabilmente a stringere come se ne fosse a sua volta stregata, assoggettata alla sua maligna volontà. Si sentì una specie di burattino, come quelli dei teatrini di strada dove la madre lo portava da bambino e dentro cui il burattinaio infilava la sua mano per trasmettere la propria volontà al pupazzo. Si sentì manovrato, non da qualcun'altro ma dalla sua stessa ambizione, dalla bramosia di ricchezza e di potere che gli erano stati promessi e che ora stringeva rabbiosamente nella mano destra. Tutto quanto lo aveva lusingato fino a quel momento era lì a portata di mano, bastava aspettare qualche minuto e poi sparare ad un uomo, a suo fratello che lo aveva scacciato come un pezzente; forse quell'uomo meritava la punizione che gli era stata riservata. Questo improvviso pensiero lo spaventò a morte e gli fece decidere definitivamente che si sarebbe ritirato, qualunque fosse stato il prezzo da pagare al boss del Mar Piccolo. Ma gli eventi avevano ormai preso in mano la situazione e lui non poteva più farci niente. Nella stalla il parto si era concluso e don Riccardo uscì nel cortile. Vedendolo Vincenzo Mazzacane urlò il segnale convenuto: <E' Lui>. Contemporaneamente a don Riccardo anche una delle donne che erano in masseria uscì e si ritrovò di fronte quattro uomini armati. Istintivamente la vecchia si mise ad urlare e uno degli uomini che dovevano rimuovere gli imprevisti sulla strada di Luca le sparò un colpo di pistola. Mentre la vecchia cadeva a Luca parve di vedere sua madre che si afflosciava come un sacco vuoto, inorridì e sparò istintivamente all'assassino di sua nonna uccidendolo. Don Riccardo non capì niente di quello che stava succedendo e rimase immobile come fosse di terracotta. Vincenzo Mazzacane e l'altro suo tirapiedi, accortisi del tradimento del ragazzo, cominciarono a sparare nella sua direzione. Luca rispose al fuoco e colpì mortalmente anche l'altro uomo. Gridò a don Riccardo di ripararsi e gli corse incontro nel tentativo di proteggerlo mentre il boss continuava a spararagli contro. Tutto si stava svolgendo in una manciata di secondi anche se chiunque avrebbe testimoniato che la sparatoria sarebbe durata per diversi minuti. Don Riccardo vide suo fratello corrergli incontro. Vincenzo Mazzacane mirò al ragazzo e stava per esplodere un colpo che non gli avrebbe lasciato scampo. Il vecchio killer, l'esecutore esperto, sapeva come cavarsela in quelle situazioni, rimase freddo sapendo bene che il ragazzo non sarebbe riuscito a colpirlo mentre stava correndo. Mirò bene, con calma e sparò. Don Riccardo si rese conto immediatamente di quello che stava per succedere. Lo sparo echeggiò a lungo nel cortile della masseria come se indugiasse a prendersi la sua vita, l'uomo cadde. Don Riccardo si era istintivamente frapposto tra il boss e suo fratello in un movimento che aveva di poco anticipato lo sparo, giusto l'attimo sufficiente a schermare Luca. Don Riccardo cadde, Luca restò solo un attimo stravolto e tirò il grilletto rivolto al suo avversario ma la pistola non esplose alcun colpo perché quelli che c'erano erano stati già esplosi prima. Vincenzo Mazzacane accennò a un sorriso beffardo, lui ne aveva ancora uno di proiettili, e lo sapeva, e non avrebbe certo sbagliato da quella distanza, con calma rivolse la pistola verso il ragazzo terrorizzato che vide la morte mentre lo stava fissando attraverso una fredda canna di metallo. Vincenzo Mazzacane volle assaporare quell'attimo di terrore negli occhi del ragazzo prima di premere il grilletto, un indugio fatale perché un'improvvisa fitta lo prese dalle spalle, gli attraversò il torace e spuntò dal petto come quattro punte di metallo rosso; le guardò stupito e il suo sorriso si tramutò in una smorfia incredula. Si sentì sollevato per aria e lì tenuto mentre il forcone di massaro Antonio gli lacerava i polmoni e lo lanciava come un covone inutile e senza spighe. Quando cadde sul terreno bagnato, tra sterco di capre e di galline, vide il mondo da una prospettiva che gli era sconosciuta. Il fango che gli impastava la bocca cominciò a colorarsi di un rosso sgradevole e sentì la sua vita mentre veniva espulsa attraverso asfittici colpi di tosse. La sua interminabile guerra finiva lì, sulle punte rugginose di un forcone. Riuscì a vedere "il conte" mentre lo fissava senza nessuna espressione, anche lui disteso nella stessa fanghiglia, come a volere accomunare nel medesimo epilogo le due sciagurate esistenze. I due sguardi si incrociarono e sembravano parlarsi silenziosamente, senza rancore e con accettazione, come se tutto questo fosse stato già scritto sin da tempo immemorabile e loro ne fossero pienamente consapevoli e, pur tuttavia, senza che avessero potuto farci niente. Continuarono a fissarsi e a chiedersi perché, fino a quando lo sguardo di Vincenzo Mazzacane si spense. Luigino Giudice uscì in quel momento dalla stalla, incredulo e attonito per quanto aveva sentito e per lo spettacolo che gli si stava presentando alla vista. Vide un giovane sconosciuto che soccorreva don Riccardo e lo teneva sollevato per il busto. Corse subito verso i due e notò una larga chiazza di sangue sul panciotto chiaro di don Riccardo. Gli aprì con cautela anche la camicia e vide una lacerazione sanguinante tra lo stomaco e il torace. Cercò dei fazzoletti nella sua tasca, ne trovò uno e chiese al ragazzo di tenerlo premuto sulla ferita. Tornò nella stalla a prendere la sua borsa. Corse fuori e provò a tamponare la ferita con garze emostatiche ma capì subito che non sarebbero servite a molto, giusto a rallentare per qualche breve istante il flusso incessante di sangue. Lo sguardo di Luigino provava a chiedere dell'accaduto ma la voce di don Riccardo lo richiamò:

<Dottore, chiamate per favore Seppino>. Luigino tornò nella stalla e vide Seppino nascosto dietro alcune balle di paglia.

<Seppino, ti vuole don Riccardo, non preoccuparti è tutto finito>. Seppino uscì lentamente e con circospezione dal suo nascondiglio e seguì, tremando, Luigino fuori dalla stalla. Si avvicinarono a don Riccardo e Seppino scoppiò in lacrime, sicuramente per il suo datore di lavoro che giaceva in fin di vita nel fango ma anche per tutto quello che era successo e che lui non aveva ancora capito, per lo spavento e per quella maledetta giornata in cui, lui, non doveva essere là. Luigino si chinò nuovamente su don Riccardo. Arrivò anche massaro Antonio. Luigino lo vide inginocchiarsi nel fango e iniziare a pregare con una intensità che non aveva mai visto fare neanche a don Liborio. La vista di quel gigante inginocchiato e col capo chino colpì la mente di Luigino che iniziò a pensare alle sue apparizioni sempre nel momento giusto, come anche quella mattina di Pasqua. Nel frattempo le altre donne, uscite nel cortile, iniziarono a piangere e a urlare per lo strazio e per lo spavento.

<Vi prego, dottore, tenetemi in vita ancora qualche minuto> disse con un filo di voce don Riccardo <dovete essere mio testimone insieme a Seppino e a massaro Antonio della mia volontà>. Le sue parole vennero interrotte da una improvvisa smorfia di dolore.

<Questo ragazzo è mio fratello. Vi spiegherà tutto don Liborio che conosce la storia, io non ho tempo per raccontarvela. Lui è l'unico mio parente vivente, salvo dei lontani procugini che non vedo da anni ma che si piomberanno qui, appena sapranno della mia morte, per spartirsi l'eredità. Io lascio tutto quello che ho, la masseria, le terre, animali e tutto quanto possego, di mobile e immobili a mio fratello Luca. Seppino ascoltami bene e non piangere ma, soprattutto, non cercare di parlare. In un tiretto della mia scrivania nel mio studio, qui in masseria, c'è una busta con le mie volontà che non ho fatto in tempo a portare dal notaio. C'è scritto tutto ed è già firmato. Il ragazzo può assumere il cognome dei Galasso e, se lo desidera, anche il titolo di conte perché è figlio di mio padre il conte Giovanni Galasso ma spero che ne farà a meno, perché non gliene porterà bene. Per l'amor di Dio siate testimoni di questa mia volontà. E' stata commessa una grave ingiustizia verso questo ragazzo e sua madre>.

<Don Riccardo, non vi affaticate, adesso vi mettiamo in macchina e vi portiamo in ospedale> disse Luigino consapevole che l'uomo non sarebbe arrivato vivo neanche al cancello della masseria.

<Non vi dannate l'anima, dottore> rispose don Riccardo <non c'è più tempo>. Poi si rivolse al fratello:

<Mi dispiace, Luca, dovevo abbracciarti quando potevo farlo invece ti ho scacciato come un cane. Adesso volevo rimediare e …> un'altra improvvisa fitta gli fece rigurgitare del sangue e lo interruppe, ma lui riprese <sono sinceramente pentito per il male che vi ho fatto, spero che almeno tu possa perdonarmi>.

<L'ho già fatto> gli rispose il fratello <e lo ha fatto anche mia madre tanti anni fa, non ce l'aveva con voi. Me lo ha scritto nella sua ultima lettera che voi non avete voluto leggere>.

<Ce l'hai qui quella lettera?> gli chiese don Riccardo.

<Sì ce l'ho nel mio portafoglio>. Luca tirò fuori la lettera ancora ben piegata e stirata come un prezioso fazzoletto di seta, l'aprì delicatamente e la diede al fratello. Don Riccardo iniziò a leggerla in silenzio e i suoi occhi si riempirono di lacrime e di conforto prima di spegnersi con un accenno di sorriso.

<Don Riccardo, don Riccardo> gridò Seppino disperato e inspiegabilmente senza tartagliare.

<E' andato> gli disse Luigino passando la mano sugli occhi di don Riccardo e chiudendoli definitivamente al mondo e alla vita <che la sua anima possa finalmente trovare pace>.

Luigino si girò a cercare massaro Antonio e chiedergli aiuto per sollevare il pesante corpo di don Riccardo e trasportarlo in masseria, ma vide solo il suo enorme cappello nero nel fango, il massaro non c'era e nessuno lo vide più.

Luca continuò a tenere fra le braccia il fratello appena ritrovato e subito perso. Il suo destino di solitudine sembrava fosse stato scritto con inchiostro indelebile sulla pagina che lo riguardava ma era ancora giovane e gli uomini forti possono cambiare anche la sorte più cupa e avversa. Forse i suoi occhi tristi, ora pieni di lacrime, un giorno avrebbero sorriso con la stessa luce che aveva illuminato gli occhi di suo fratello qualche attimo prima che si chiudessero.

Un dì, s'io non andrò sempre fuggendo
di gente in gente, mi vedrai seduto
su la tua pietra, o fratel mio, gemendo
il fior de' tuoi gentili anni caduto.

La madre or sol, suo dì tardo traendo,
parla di me col tuo cenere muto:
ma io deluse a voi le palme tendo;
e se da lunge i miei tetti saluto,

sento gli avversi Numi, e le secrete
cure che al viver tuo furon tempesta,
e prego anch'io nel tuo porto quiete.

Questo di tanta speme oggi mi resta!
Straniere genti, l'ossa mia rendete
allora al petto della madre mesta.

In morte del fratello Giovanni (Ugo Foscolo)

Magnificat - dal Vangelo secondo Luca - (Traduzione)

L'anima mia magnifica il Signore
e il mio spirito esulta in Dio, mio salvatore,

perché ha guardato l'umiltà della sua serva. D'ora in poi tutte
le generazioni mi chiameranno beata.

Grandi cose ha fatto in me l'Onnipotente
e Santo è il suo nome:

di generazione in generazione la sua misericordia
si stende su quelli che lo temono.

Ha spiegato la potenza del suo braccio,
ha disperso i superbi nei pensieri del loro cuore;

ha rovesciato i potenti dai troni,
ha innalzato gli umili;

ha ricolmato di beni gli affamati, ha rimandato i ricchi a mani
vuote.

Ha soccorso Israele, suo servo,
ricordandosi della sua misericordia,

come aveva promesso ai nostri padri,
ad Abramo e alla sua discendenza, per sempre.

Indice

MAGNIFICAT

Finito di stampare nel mese di Marzo 2012
per conto di Youcanprint Edizioni